# あなたにはわたしがいる

闇の中の光を信じて選んだ女性の物語

著者
原田聖子

## 〜はじめに〜

この本を手に取ってくださったあなた。今、あなたの人生の空模様はどうですか?青空でしょうか?それとも曇り空?もしかしたら、雨かもしれませんね。これから始まる物語は、私が曇り空のもとで育ち、途中から日が暮れて真っ暗闇になってしまったけれど、ところどころに落ちている光に導かれて、夜明けを迎えられたお話です。

私は特別な人間ではありません。ただ、出会った人の優しさという微かな光を追いかけて、自分でできることを精いっぱい続けた結果、親の作った1億円の借金をほぼ一人で全額返済し、愛する人の死を乗り越えて、その人の子を育てながらここまで来ました。

だからこそ思います。あなたが今、人生が真っ暗で、いつまでも明けない夜の中にいるように感じられても、それは一時だということ。よく目を凝らしたら、必ずやわらかくて、かすかな光が見えるはずです。それに気づいたら、光を拾いながら歩けば必ず夜は明けるのです。

自分の人生を諦めないでください。「どうせ私なんか」と、自分をいい加減に扱わないでください。諦めなければ、いつからでも、どんなところからでも、自分の人生は自分で作っていくことができます。特別な能力のない私でも、それができたのですから。あなたにも、きっとできます。あなたには、わたしがいます。

## 第3章　人の縁と優しさと

## 第4章　今、人生を振り返って

# 第１章

# 曇り空

# ―おうちの秘密―

あ、まただ。少し遠くにいた私に、ピリッとした聖子の緊張感が感じられた。聖子が、また怯えている。早くあの子のそばに行かなきゃ。私は2階にある聖子の部屋で読んでいた漫画を放り出して1階に急いだ。

それまで聖子が楽しそうに弾いていたピアノの音がピタリと止まって、誰かの声がする。ああ、おばあちゃんだ。またお母さんに何か言っている。だから聖子が怯えていたんだ。

「奈美さん、あなたはいつも聖子にばかりピアノを弾かせて!下の子達だって練習させてあげなきゃ、可哀そうよ」「はい、すみません。でも、そんなつもりは無くて…」「つもりが無くても、実際に聖子ばっかりうまくなるじゃないの。それは下の子達の練習時間が少ないせいでしょう。あなたが気を付けてあげないから、下の子達は伸びないのよ」。おばあちゃんは一気にお母さんに向かってまくしたてる。違う、違う。下の子達、敦子と春子はまだ小さいし、そんなにピアノの練習が好きじゃない。音楽への熱意も薄い。だからなかなか上達しないだけよ。こんなこと、おばあちゃんも薄々わかっているはずなのに。

でも聖子はさっとピアノの椅子から滑り降り「ごめんね、あっちゃん、はるちゃん。お待たせ！」と明るく言った。その様子を見て、おばあちゃんが「あらあら、聖子の方がよくわかっているじゃないの。そう、姉妹３人、いつも仲良く、ね。お母さんにも教えてあげてね、聖子。」と最後に嫌味を言いながらおばあちゃんはピアノの部屋から出て行った。

その瞬間、聖子の身体のこわばりが解ける。そしてすぐにお母さんに向かって「ごめんなさい。私、ピアノを弾くのが楽しいし、発表会前だからちょっと長く弾きすぎたのかもしれない。お母さんのせいじゃないよ」と、お母さんを励ます。お母さんは「ううん、いいのよ。聖子は優しいわね」と力なく微笑む。

これ、何回目だろう？私は聖子の側にすっと近づき「１０１回目くらい？」と囁いた。聖子は私に向かって「しっ！」と言いながら、慌てて口を覆った。「何か言った、お姉ちゃん？」

と真ん中の妹、敦子が振り向く。「ん、なんでもないのよ。あっちゃん、じゃあ練習がんばって。私、宿題するのを忘れていたわ。ダメねぇ、私ったら」と言いながら、聖子はそそくさとピアノの部屋をでて、2階の自室に戻った。

私は聖子と一緒に部屋に戻りながら「いい加減、おばあちゃんも早く気が付くっていうか、諦めてくれたらいいのにねえ。あっちゃんとはるちゃん、2人がかりで何をやらせても聖子には負けるってわからないのかなあ。わかっているはずよね？認めたくないだけ？」と話しかける。でも聖子は部屋に入るまで、ずっと黙っている。用心のためらしい。私は大げさにため息をついて「お母さんだって可哀そうじゃない？」とさらに話し続けた。

聖子は自分の部屋の戸をそっと閉めてから私に向き直り「祥子ちゃん！急に出てきちゃダメでしょ！困るってば！」と外に漏れないように声を潜めながらも、精一杯怒った声で私を叱る。「大丈夫よ、聖子。だって私の声、誰にも聞こえないんだからさ」とちょっと不良っぽく言い返す。「それでも！私がつい返事をしちゃうでしょ！それで怪しまれちゃうの、わかんないの？」。あら、聖子にしては珍しくイライラしているみたい。

いつも周りに気を遣う聖子。おばあちゃんがお母さんに文句を言ったり叱ったりするのをやめてもらいたい一心で、わざと失敗してみせたり、テストで１００点を取らないようにわざと間違えたりしている。努力の方向、間違えてない？と言いたくなるが聖子は真剣だ。「ん―。聖子の言うこともわかるけどね。でもねえ、どう見てもおばあちゃんは、あっちゃんとはるちゃんを、依怙贔屓しているわよ。今日だって、聖子はピアノが上手なだけでしょ。あの二人がそんなにうまくないのは、練習時間の差なんかじゃないわよ。持って生まれた向き不向きってことじゃない？」と私が続けると「祥子ちゃん！あっちゃんとはるちゃんは、私の妹達なの。そんな風に言わないでよ」と来た。なんてよくできた答だろう。私の頭の中からは絶対に出てこないわ、こんな考え。こうしてみると、私はやっぱり聖子とは別人格なんだなあ、と思う。

私は続ける。「なんかさあ、おばあちゃんって聖子が何でも上手にできちゃうのが悔しいみたいね。だけど聖子だってあの二人と同じ、おばあちゃんの孫でしょ？それなのに、聖子のできが良いと機嫌が悪くなるなんて、変だと思わない？」「だからおばあちゃんは私を叱ってはいないでしょ？」「だ・か・ら、よ。聖子を叱れない分、お母さんのせいにするって、ずるくない？それにあの２人はまだ小さいんだから、あとからうまくなるかもしれないじゃない？敦子は、まあうまいと思う。でも春子は練習も嫌々やっている。だからうまくならない。その辺、おばあちゃんもいい加減に認めればいいのに。」「あのね、さっきも言ったとおり、あっちゃんとはるちゃんは私の『妹』なんだから、そういう言い方は辞めて」と念を押すように私に言ってから、聖子は小さなため息をついた。

気を取り直すように勉強机に向かい、真面目に宿題を始める聖子。それを片目で見ながら私は考える。お父さんの妹、靖子おばちゃんは心臓が弱かった。だから靖子おばちゃんの２人の娘、２歳の敦子と０歳の春子をウチで引き取って育てることになった。聖子が４歳になったばかりの頃のことだった。そう、敦子と春子は、実は聖子の従姉妹なのだ。だけどウチは「本家」っていうところだから「敦子と春子は渡辺家で育てます」というおばあちゃんの鶴の一声で、あの二人が聖子の妹になることが決まった。おばあちゃんは決めるだけだからいいけど、２人を世話するのは聖子のお母さんだ。

ただでさえこの家は「本家」だから、やたらに広い。部屋数は嫌になるほどあるし、ふすまを開けたら大広間になる構造だ。座布団や客用のお茶碗なんて、いくつあるのかわからない。床だっていつもピカピカだ。廊下はお日さまの光を反射してまぶしいくらい。窓には一点の汚れも無い。これはぜーんぶお母さんが洗って磨いて干して、いつでも一族が集まれるようにしているからなのだ。

もちろんおばあちゃんも、こうしたことをせっせとやっている。お母さんとおばあちゃん二人は、休みなく働きつづけていた。それでも次から次へとやるべきことがある。衣類の虫干し、畳の張替え、障子やふすまの張替え。庭木の手入れ。こんな家を切り盛りするだけで手いっぱいなのに、ウチは工場も持っている。隣の敷地にある紡績工場で、２００人くらいの人が働いていた。お母さんはそっちも知らん顔ではいられない。お父さんが社長だからだ。そこへもってきて、いきなり２人の女の子を引き取るなんて。

でも結局おばあちゃんが「一族の長老」みたいだから、誰も逆らえない。おじいちゃんはもう弱っていて、だいたいお部屋で寝ていた。お父さんもおばあちゃんには何も言えない。お母さんが苦労しているのを知っているお父さん。時々「すまんな」とお母さんにそっと言っているのは、償いなんだろうな。

おばあちゃんも、小さな子を育てられないほど心臓が弱い靖子おばちゃんのことが可哀そうで、敦子と春子を贔屓しちゃうのかもしれない。

そこまで考えて、でも、と思う。確かに靖子おばちゃんは心臓が弱くて、2人の子どもを育てられないなんて可哀そうだ。そして早くにお母さんから離されてウチへ来た敦子と春子も可哀そうだ。だけど、敦子と春子は靖子おばちゃんのところからウチに来た時、0歳と2歳だった。だから靖子おばちゃんのことを覚えていない。聖子のお母さんを本当の「お母さん」と思い込んでいる。だったらおばあちゃんがあの二人を贔屓するのって、実は良くないんじゃないかな？

そこまで考えたところで「聖子、ちょっとお夕飯のお手伝いできる？」とお母さんの声がした。「はあい」と言いながら聖子はさっと机を離れ、夕飯の手伝いに行く。こういうことは敦子と春子は免除されている。小さいから？可哀そうだから？違う、手伝いをさせると、おばあちゃんが怒るからだ。敦子と春子が宿題をする時間が無い！と言って。でもそれって聖子も同じはずよね？

そう思っている私に気づいたのか、部屋を出る時に聖子は振り返り「あのね、祥子ちゃんはこの部屋にいてね。さっきみたいに急に来ないで。私、祥子ちゃんに答えたら、変な人になっちゃうからね！」と念を押して出て行った。

ふう。そうなのよ。私は聖子にしか見えない、聞こえない存在。どうしてこうなっているのかはわからない。聖子にも私にも。でも気づいたら私たちは一緒にいた。私は聖子を守るのが当たり前で、聖子は私と話したり考えたりするのが当たり前。他の人には私のような存在が無い、と知ってビックリしたのは聖子が幼稚園に入った頃だった。それほど、私たちは一緒にいるのが当たり前の存在なのだ。私は聖子をあらゆる不幸から守りたい。そのためだったら、何でもする。そう思いながら、またベッドに寝転がって天井を眺めた。

## ―複雑な家族の形―

この家、そして家族はちょっと複雑だ。お金には困っていない。むしろお金持ちだと思う。だって広い綺麗な和風のお庭に囲まれた、お部屋がたくさんある大きなお家と、となりの敷地には工場もある。お父さんは社長さんだ。家には本格的なピアノがあり、たくさんの食器もお布団もある。まあ、本家ってところだからかもしれないけれど。

実はお父さんは昔、公務員だった、と聞いたことがある。そしてお母さんと出会ったお父さんは、お母さんと結婚したいと言ったら、おばあちゃんに「渡辺家にふさわしいのは、もっと地味で働き者の女性です」って反対されたんだって。

お母さんも今では十分働き者だ。でもお母さんが生まれ育ったお家はお父さんの家よりもお金持ちで、そこで大切にされていたお母さんは、身体はあまり丈夫ではないけれど、おっとりとした優しいお嬢さんだった。お父さんはそこを好きになった。だけど皮肉なことに気の強いおばあちゃんは、お母さんのおっとりして優しいところ、さらに言えば渡辺家よりもお金持ちの家からお嫁さんが来ることが気に入らなかったんだと思う。

それでもお父さんはお母さん以外と結婚するつもりが全然なかったから、2人で駆け落ちしちゃったんだって。それを聞いた時、聖子と私は興奮が抑えきれず「お父さん、行動派だったんだ！」「駆け落ち！なんかロマンチック！」と大騒ぎをした。

今の工場は、元々はおかあさんのおかあさん、サキおばあちゃんと近所の人が集まって内職でミシンをかけていたことから始まった。最初は5人くらいでやっていたけれど、だんだん一緒にやる人が増えてきた。だけどリーダーみたいだったサキおばあちゃんが、身体を壊して続けられなくなってしまったらしい。そして同じ頃に駆け落ちしていたお父さんとお母さんのところには聖子が生まれた。ちなみにお父さんは駆け落ちしたあと、公務員には戻れないからタクシーの運転手さんやいろんな仕事をしていたんだって。

聖子が生まれたことを人づてに聞いたおばあちゃんは、ついにお父さんとお母さんに折れた。「子どもが生まれたなら仕方がない。結婚を認めるから本家に戻りなさい」って言って、やっとお父さんとお母さんは家に戻れた。そう、聖子のおかげでお父さんとお母さんの結婚は正式に認められたのよ！そして本家に戻ったお父さんは、サキおばあちゃんの始めた内職の集まりを引き受けて、どんどん大きくしていった。

工場を建てて、最初は縫物だけだったけれど、そのうち女の人の服をデザインするところから、布を切って縫って仕上げるまでをするようになった。聖子と私の一番古い記憶では、50人くらいの人が働いていた。でもそれも今は200人になっている。

家族はまだまだ元気なおばあちゃんと、いつも寝ているおとなしいおじいちゃん。お父さんのもう一人の妹、加奈子おばちゃんも一緒に暮らしている。聖子と、本当は従姉妹なんだけど、聖子の妹になっている敦子と春子。これを全部お母さんがお世話をしている。その上にお母さんは工場にお客様が来たらお茶を出したりしなければならない。従業員さんはほとんどが女の人だから、お父さんに言えないようなことで、相談に来る人も多かった。こんな忙しいお母さんだから、聖子はお母さんのお手伝いを一回だって「嫌」なんて言ったことがない。

敦子と春子が悪いわけじゃない。それはわかっている。でもおばあちゃんは何かにつけて聖子とあの2人を比べる。そして聖子の方が上、とわかると腹を立てて、無理やりでもお母さんのせいにする。これが聖子の最大の苦痛だ。

今のところ聖子はおばあちゃんがお母さんを叱らないように、それだけを願いながら生きている。でも聖子だっておばあちゃんの孫なんだから、聖子を褒めて、下の二人に「お姉ちゃんを見習ってね」って言ったっておかしくないはずじゃない？それなのに、なんでおばあちゃんは八つ当たりみたいにお母さんを叱るんだろう。そんなにお母さんが良いお家のお嬢さんだったことが気に入らないのかしら？でも今では、お母さんはちゃんと渡辺家の人になっているし「私の育った家では」なんて話は、1回だってしていないのに。いつだっておばあちゃんに気を遣っているのに。なんでおばあちゃんはお母さんを目の敵みたいにするんだろう？

お母さんだけじゃない。聖子に対してだって、おばあちゃんはちょっと酷い。こないだなんか赤信号で横断歩道を待っていた聖子を追い越して、敦子と春子はさっさと横断歩道を渡ってしまった。まだ赤信号だったのに。だから聖子が「あっちゃん、はるちゃん！赤信号なのに横断歩道を渡ったら危ないでしょ！ダメよ！」と珍しく大きな声で言ったら、下の二人はビックリして、泣きながら走って先に家に帰ってしまった。そして聖子が戻るより前に、おばあちゃんに言いつけたのだ。「聖子お姉ちゃんに怒られた、怖かった」って。おばあちゃんは理由も聞かず、家に戻った聖子を怒った。もちろん聖子は説明をしたが「そんなの後から考えた言い訳でしょ」とおばあちゃんは取り合ってくれなかった。聖子は敦子と春子が交通事故に合わないように、ルールを守るように教えただけなのに、だ。

こんな家の中で、聖子は緊張しながら生きている。聖子のできが良すぎて目立つと、おばあちゃんがお母さんを叱る。そうならないように、例えばピアノの発表会では代表に選ばれないように、わざとおけいこでミスしている。そうすれば、発表会の代表に選ばれず目立たないから、おばあちゃんがお母さんを叱ることはない。学校のテストでも１００点を取らないように工夫している。

聖子はわざと失敗しては、「ああ～、やっちゃった～～」とか言いながら、その場の雰囲気を明るくするようにおどけて見せたりする。おちゃらけて「私は賢い子じゃない、優秀じゃないのよ」と周りにアピールをしているのだ。

もしそうせずに、聖子が本気を出して何でも取り組んだら？もちろん聖子は敦子や春子よりずば抜けて優秀だ、とわかってしまう。そうしたらおばあちゃんは、聖子の大好きなお母さんを叱るだろう。こっぴどく。それを見ている聖子は胸が張り裂けそうになる。そんなの見たくない、耐えられない。だから自分は優秀じゃない、敦子や春子の方がずっと賢い、とおばあちゃんに思わせようと工夫をしている。

なんでおばあちゃんはあんなにお母さんを叱るんだろう？と私はひとりで考えた。たとえそれが決してお母さんのせいじゃないってわかっていても、おばあちゃんはお母さんを許さないところがある。聖子が賢くて何でもさらりとやってのけるのは、おばあちゃんの誇りになったっていいはずなのに、なぜかお母さんにあたる。少し考えて、思い当たった。きっとお父さんがおばあちゃんの止める手を振り切って、駆け落ちまでしてお母さんを選んだことを、おばあちゃんは忘れていないんだ、と。かわいい息子であるお父さんが、母親であるおばあちゃんよりも、お母さんを取ったことが許せないのかもしれない。そこまで考えつくと、私は「ふー。こりゃダメだ」と独り言を言った。

聖子が4歳の時に敦子と春子が来た。それから聖子はずっと息をひそめるようにして生きている。おばあちゃんの「お怒りスイッチ」が入らないように。こんな聖子の努力を見守ってくれていたのが、ひいお爺ちゃんだった。ひいお爺ちゃんは、聖子を縁側で膝の上に抱いて、ゆっくり自分の身体をゆすりながら言ってくれた。「聖子はいい子だなあ。いつも我慢していて、偉いなあ。つらいこともあるのになあ。聖子のお母さんも良い人だなあ。優しいなあ」と。それを何回も何回も、ゆっくりと言ってくれた。ひいお爺ちゃんの優しい声と腕の温かさが、うっとりするほど気持ちよくて、そのうちに眠ってしまっていた。

あの頃はまだ安全で幸せな時間があった。何か大きな存在に守られていて、そのままの聖子で愛されている、と思えたのはひいおじいちゃんがいてくれたからだ。でも、優しいひいおじいちゃんは、聖子が幼稚園から小学校に行く前に亡くなった。あれから何年たっただろう？あの時以来、聖子はずっと自分で自分を見張り、緊張しながら生きている。家にいて、だ。普通は外では緊張するけれど、家ではのんびりできるはず。それが子どもの特権だ。でも聖子にはそれが無い。なんで？おかしくない？

ちなみにおばあちゃんは聖子にも厳しい。きれい好きで潔癖症だから、まだ聖子が３歳くらいの頃に、外遊びで汚れた靴下のまま家に上がろうとしたら、思いっきり箒で叩かれた。さすがにその時はお父さんとお爺ちゃんが「そんなひどいことをしちゃいけない！」と止めてくれた。これは唯一のおじいちゃんがおばあちゃんに対決した事件として、聖子は記憶している。まあ、聖子は「おばあちゃんに怒られないようにしていたら、お掃除が好きになった」と言っていたけれど。

こんな風に厳しいおばあちゃんがお母さんを叱る時、聖子は辛くて仕方がない。できるだけみんなに笑っていて欲しい。その一心で聖子はおちゃらけたり、ダメな自分をことさらアピールしている。

そんな聖子が心からくつろげるのは自分の部屋だけだ。私は聖子の気持ちがわかるから、すごく悔しい。でも、どんなに悔しくても、結局、私は何もできない。だって私は聖子にしか見えない、感じられない存在だから。そんな自分に絶望して、私は聖子のベッドで丸くなるしかできなかった。私は何のために聖子の側にいるんだろう？でも私が聖子を守らなきゃ。ああ、でも明日は月曜日。学校、というもう一つの苦しみの場所に行く憂鬱な日だ。

## —おじいちゃんとおばあちゃん—

　聖子を箒で叩いたり、ちょっとしたことでお母さんを叱りつけるおばあちゃんだけど、実のところ聖子はそんなにおばあちゃんのことを嫌いではなかった。私からすれば信じられないことだけど。どれだけ心が優しいんだろう、聖子は？

　おばあちゃんは主にお母さんに怒っている。それはそれで、聖子には心が痛くなることだ。でもおばあちゃんは聖子には優しい時もあるのだ。お手伝いをいろいろさせられて、やり方も叩き込まれたけれど、聖子はそれも「おもしろい」と思っていた。

　何でもできて、一日中動いているおばあちゃんと一緒の時間を過ごすうちに聖子は「あれならイライラするだろうなって思うのよ」とまで言い出した。何しろこの家は「本家」ってところだから。銀みがきやら、布団の打ち直しやら、障子の張替え、畳あげ。一年中なにかしらやることがある。それをお母さんと手分けしてやり続けているおばあちゃんのことを、聖子は密かに凄いなあ、と思うようになっていた。

おじいちゃんはおとなしくて、病気がちだ。だけどおばあちゃんに見えないところで聖子を可愛がってくれた。おじいちゃんはひいお爺ちゃんに似ている。縁側で聖子をひざに載せて、ちょっと難しいことわざを教えてくれたのもおじいちゃんだ。

「出る杭は打たれる。だけどな、聖子。本当に勝負の時は、打たれないぐらい秀でたらいいんだ」とか、「お金のことを知っておくのは大切なんだよ。『複利』ってなんだかわかるかな？」とマッチ棒を使いながら1が2に、2が4に、4が8になる「複利」の仕組みを教えてくれたこともあった。話を聞いた時には、正直、聖子にも私にも全くわからなかった。でもこの知識は、ずっと後になってから私たちを助ける大きな力になった。

## ―月曜日の朝―

月曜日。学校が始まる日だ。聖子はもう６年生だから朝早く起きて、昨夜のうちに教科書をセットした鞄を持ち、きちんと服を着て、朝食をとる。後片付けまでお母さんを手伝って、もう出かける準備は万全だ。

その頃になって低学年組の敦子と春子が玄関先でランドセルを開いている。そして敦子は「あ〜、そうだ、今日は書道なのに書道セット、みつからない！」。さらに春子は「いやだあ、給食当番の白衣を洗ってもらうの、忘れてた！」と騒ぎ出す。

あーあ。そういうことは、土曜日のうちにやっとけばいいじゃないの。持って帰った白衣はその日のうちに洗い場へ持って行く。月曜は書道って学年の始めからわかっているんだから、ちゃっちゃと用意をする。何のために机に時間割が貼ってあるのかしら？第一、聖子がその年頃には、全部自分でやってたよ、と私がうんざりしていると、まずい、おばあちゃんだ！

「敦子！どうしたの？」「書道セットが見つからないの～。どうしよう、おばあちゃん。先生に叱られちゃう～。」「春子は？」「給食当番の白衣、お洗濯していないから、持って行かれない～。先生に怒られるから私も学校に行かない～。」めちゃくちゃだわ。自分達が夕べまでに準備しておけば、こんなことにならないのに。

でもおばあちゃんは違う。「奈美さん！奈美さん！！いったい何をしているの、あなたは！」台所の奥にいるお母さんを呼び立てる。食器洗いをしていた手を拭きながら、お母さんが慌てて出てきたところへ「あなたはなんでこの子達の支度をしっかり手伝ってやらないの！？まだ小さいのよ、この子達は！全部自分でできる訳がないでしょう？そのぐらい、母親ならわかるでしょうが！」とおばあちゃんが一方的にお母さんを叱りつけるように言った。

いや、そりゃわからないわよ。だって聖子は春子と同じ年齢の頃には、ちゃんと自分で準備できていたし、その頃おばあちゃんは「聖子はもう小学生でお姉さんだから、自分のことは全部自分でやりなさい」って言っていたじゃない？何なのこの差は？と私がうんざりしていると、聖子が慌てて「おばあちゃん、ごめんなさい！私が一緒に用意を手伝うはずだったのに、忘れていたの。ごめんね、あっちゃん。きっと書道のお道具箱、こないだ練習した南の『おしどりの間』に置いてあるんじゃない？」と割って入った。

おばあちゃんが厳しい声で「聖子！あんたが準備を手伝う約束だったの？」と聞く。うそ、うそ。そんな約束なんてしていない。でも聖子は「そう、ごめんなさい、おばあちゃん！さあ、あっちゃん『おしどりの間』に見に行こう！」と敦子の手を引き駆け出す。なんとかして、その場を収めようと自分が悪かったせいにする聖子。敦子、お前が「違う、私が思い出せないの」位、本当のことを言え！と私は玄関先でイライラしていた。

その間におかあさんが「はるちゃん、聖子お姉ちゃんの白衣を持ってくるから、大丈夫よ。今日はそれを持っていけるわ」と慰めると、春子は「お姉ちゃんのじゃ嫌～～」と泣きながら言う。お前が洗濯をお願いするのを忘れたんだから、嫌も何もないでしょうが！と私が歯噛みしていると、おばあちゃんが横から素早く「そうよねぇ、はるちゃん。お姉ちゃんのじゃ、恥ずかしいよねぇ。奈美さん、あなた急いで春子の白衣を洗ってアイロンかけて、給食の時間までに学校へ届けてあげなさい。母親なら、当然でしょ」「でも今日は工場に新しい大口のお客様がいらっしゃるので…」「あなたは春子の母親じゃないの？工場なんて、雅治に任せておけばいいでしょう？どうしても、の時は私がやりますから。あなたはまずは母親業をしっかりやってくださいね。お母さんはあなただけなんだから。特に小さな春子を大切にしてやって。」「おばあちゃん、ありがとう」。にっこり笑う春子とおばあちゃん。顔色を失う聖子のお母さん。春子の頭をひっぱたこうとしたけれど、悲しいかな私の手はすり抜けるだけなのだ。

そこへ敦子の手を引いて聖子が「あった、あった、書道のお道具箱！」と息を切らせて戻って来た。敦子も「聖子おねえちゃんが思い出してくれたの。ありがとう！」と尊敬のまなざしで聖子を見つめている。よしよし。敦子、あんたはまだ見どころがあるわ。

でも二人は、おばあちゃんと春子、そしてお母さんの間に流れる冷ややかな空気にすぐに気づいた。「あのね、春ちゃんの白衣、お母さんがこれからすぐに洗って、アイロンかけて学校にお昼までに届けてくれるって！おばあちゃんがお母さんに言ってくれたの！だから春ちゃん、学校に行く！」と、春子はどこか得意そうだった。聖子は驚いた顔でお母さんを見る。

お母さんは黙ってうつむいている。お母さん、またおばあちゃんに叱られたんだ。そう思い、肩を落とす聖子。

このわがまま娘！と春子の頭を本当にひっぱたいてやりたい、と思っている私なんか目に入らないおばあちゃんが「あらあら、良かったわねえ。小さい妹たちのお仕度、これから聖子がしっかりみてあげてね。今日はお道具を見つけられてよかったこと。春ちゃんの白衣は、あとでお母さんが届けてくれるから、安心して、さあ早く行きなさい」と妙にはしゃいだ声で私たちを送り出そうとした。

聖子はたまらず、お母さんを振り返る。お母さんが急いで春子の汚れた白衣を持って洗濯場に走るのが見えた。手伝いたい。だって今日は大口の新しいお客様との取引がきまるかどうか、大切な日なのよってお母さんは気を引き締めた表情で、でもどことなく嬉しそうに言っていた。お父さんの工場が、今よりもっと大きなお取引ができるようになるかもしれない。だからお母さんも工場でお父さんや会社の役員さんと一緒に、新しいお客様とお話をするはずだった。春子の白衣を洗ったり、学校に届けている暇なんてないはずなのに。悔しいだろうな、お母さん。聖子は肩を落とし、学校へと脚を進めるしかなかった。

## ―学校での息苦しさ―

学校。ここも聖子にとっては息が詰まる場所だった。聖子は校門の前で敦子と春子と向き直り、ゆっくり２人の目を見ながら言った。「あっちゃん、はるちゃん。これから学校よ。ちゃんと先生の言うことを聞いてね。言われたことには『はい』ってお返事をして、とにかくやってみて。最初から『嫌』『できない』なんて言わないで。いい？お姉ちゃんとの約束よ」と、珍しく低い声で真剣に言った。すると、さすがに敦子は何かを察したらしく「わかったわ、おねえちゃん」としっかりと返事をした。

問題は春子だ。クラスの勉強がつまらない、わからない、と言って、しょっちゅう教室から抜け出している。今日はお母さんが白衣を届けに来ることを楽しみにしているようだった。敦子と春子の２人を低学年用の下駄箱で見送る聖子に「馬鹿じゃないの、春子は」と私は呟いた。「しっ、祥子ちゃん！言わないの、そういうことは！」「だっておかげでお母さん、大変なのよ？今日は新しいお客様を迎えて大事なお話があるって言うのに。春子は何も考えていない。馬鹿よ、あの子」。そこまで一気に怒りを爆発させた私がまくしたてているのに、聖子は黙っていた。顔を見ると、張り詰めた表情だった。

そう、聖子はおばあちゃんがお母さんにきつくあたっていること、怒り出すと手をつけられないこと、本家を守るために気張っていることも知っている。おばあちゃんにとっては、自分の反対を押し切って、お父さんがお母さんと駆け落ちまでしたのがショックだったことも。おばあちゃんはお父さんに手ひどく裏切られたように、今でも思っていることも。おばあちゃんが敦子と春子にだけ甘い理由も、全部を知っている。だけどそれらを全部飲みこんで、聖子は冷静になろうとしている。何しろこれからクラスに行かなきゃいけないんだから。ガラリ。6年生の教室の扉を聖子が明けた途端、男子のグループがさっと聖子を見た。中にはついさっきまで遊んでいたトランプを持ったまま、息をすることも忘れて聖子をじっと見ている男子もいる。トランプ遊びに熱中していた男子どもが、近頃は聖子に憧れの目を向けるようになっていた。ばっかみたい。聖子があんたらなんか相手にするわけないでしょ。そう思った私の心を知らない男子どもは「お前、行けよ」「嫌だよ、俺は」と順番を譲っている。聖子に何かを話しかけたいんだろう。もしかすると宿題の答え合わせのふりをして、聖子に話かけたいのかもしれない。

気づくと女子のグループが遠くから、男子よりずっときつい目で聖子を見ている。「やれやれ、始まったわねえ。またしても低次元な争いが」と、思わず声が漏れた。しかし聖子は誰にも目をやらず、さらには私の声まで無視して自分の机に行き、黙ったまま授業の準備を整えた。

チャイムの音がすると、すぐに先生がやってきた。いい意味でも悪い意味でも鈍感な担任の田中先生。いい意味、とは、まず田中先生自身が聖子の熱烈なファンなのだ。女性だけどね。聖子のことをみんなの前で手放しで褒める。悪い意味、とはそれによって聖子がますます教室に居づらくなることに、全く気がついていない、という点だ。

聖子にとっては、先生からの褒めことば、それすら嫌なのだ。目立つ。それだけで、もういたたまれないのだ。幼稚園の頃、流行っていたアニメの「アタックＮｏ．１」に憧れた聖子は、お父さんから紐靴を買ってもらった。当時はまだみんなズックをはいていたから、紐靴を履いた聖子は「男女〜！」と周り中から、からかわれた。今思えば、そんなものを買ってもらえない子達が、羨ましくてそう言っただけなのかもしれない。けれどそれ以来、聖子は目立つことを極端に怖がるようになった。家で目立てばおばあちゃんがお母さんを叱る。学校で目立てば周りからやっかまれる。だから本気でやれば絶対に1番をとれる勉強でもスポーツでも、聖子は２ー３番手になるように、上手に加減していた。

かわいい服が良く似合う、きれいな姿の聖子。私だってほれぼれするのに、聖子の頭の中ではかわいい服を着て学校に行ったら目立つ、目だったらろくなことが無い、と回路が繋がっているから、かわいい服には手を出さない。お父さんがわざわざ誕生日に買ってくれた可愛い服は、吊り箪笥の中にしまったきりだ。

テストだって、わざと2〜3問を間違えるという奇妙なことをするのは、１００点をとったら目立ってしまうからだ。運動会でも花形のリレー選手に選ばれないよう、選考の頃にはわざと転ぶ。

私に言わせれば、こんな方向音痴な努力は無いと思う。でもその努力の甲斐があってか、学期末の通信簿は、敦子がオール５で、聖子はその少し下の成績だった。それを見たおばあちゃんはコロコロと喜んだ。「まあ、あっちゃん、スゴイわねえ。オール５よ。聖子お姉ちゃんだってできなかったオール５。さすがね、あっちゃん」と上機嫌で敦子を褒めまくっていた。

そう、これでいいの。と聖子がつぶやいた。自分が目立たなければ、おばあちゃんはお母さんを怒らない。だからこうした努力を続けるしかない。そう、聖子は思っていた。一番下の春子は、小さい時から芸能界に憧れていて「勉強なんかしない」と豪語しただけはある成績だった。

聖子は時々「ねえ、あと下げられものって何かしら?」と真面目な顔で私に相談してくる。「え、これ以上?もう、無いんじゃない?ってか、そこまでする必要ってあるの?」「うん。できるだけ目立ちたくないから」と真剣なまなざしで成績表を眺めている聖子。傍からみたら、きっと成績を上げるために何を頑張るか、と考えているように見えるだろうけど、実は逆なのだ。どうやったら成績を下げられるのかを考えているのだ。どう考えても不健康なんじゃないかな、と私が言っても聖子は無視だ。こういう時の聖子は、妙に頑なになる。ピアノが上手で大好きな聖子は、さすがにピアノでしくじるのは嫌だったので、歌う時に音程をわざと外していた。これで音楽は4になり、聖子は満足そうだった。ここまで目立たないようにしているのは、おばあちゃんの目をそらすためと同時にクラスで目立って波風を立てないようにするためだ。

でもこんなに気を付けていたのに、聖子は小学校4年生の時にクラスで仲間外れにされた。聖子はなんとも思っていないクラスのある男子—ここではB男にしておこう—に好かれてしまったことがキッカケだった。実は4年生の教室内で一大勢力を保っていたA子ちゃんがそのB男を好きだったために、聖子はA子ちゃんの一派に仲間外れにされ、意地悪までされた。辛い1年間だった。聖子は好きでもない男の子に好かれたあげく、仲間外れにされたということだ。

5年生でも似たようなパターンとなり、またしてもA子ちゃん一派から酷いいじめをうけた。さすがにその時は聖子もお母さんに言い、初めて「学校へ行きたくない」と訴えた。お母さんは聖子の話をゆっくり聞いてくれた後、「でも、学校には行かなきゃね」と聖子を送りだした。そしてその足で担任教員と話し合ってくれた。夜になって、聖子の家に聖子をいじめたA子ちゃん一派の親たちだけが謝りに来た。「夜遅いから、子どもたちが外出するのは危ないから連れてこなかった」という理由で。私は「親じゃなくて、本人達が来るべきじゃないの？」と腹を立てていたが、聖子は「もういい、もういいのよ、祥子ちゃん」と一刻も早く何もなかったようになることを望んでいた。

そんな聖子の気持ちがわかるから、私は聖子と一緒に早々に2階の部屋に引っ込んだ。ふと何気なく窓に近づくと、足元についさっき聖子に謝っていた親たちが、それぞれの子どもと一緒に歩いているのを見つけた。「なにこれ。本人達、あそこにいたんじゃない!?」と腹を立てる私に聖子は「祥子ちゃん、大人も嘘をつくのね」と、とても悲しそうに言った。

# ―心を隠して―

家でのおばあちゃんとお母さんの関係から、聖子は人の顔色をみながら自分の行動を調整するのが当たり前になっていた。まだ小学生だったのに。「この言葉を使ったら、おばあちゃんはおかあさんを好きになるかしら？」から始まり、大人になる前には「どんな言葉を使ったら相手の心をつかめるか」「相手は何に興味があるか」を見抜けるようになっていた。

反面、聖子は友達と深い付き合いをするのが怖かった。裏切られたら？嘘をつかれたら？大人だって嘘をつくことを目の前にしただけに、誰にも心を開けなくなっていった。広く浅く付き合う方を選び、親友は私だけ。そんな毎日が続いた。中学に進学するまでは。

## ―中学に進学して―

中学に進学した聖子は、バスケットボール部に入った。別にバスケが大好きだったわけじゃない。むしろ子どもの頃にあこがれたアニメが「アタックNo．1」だっただけに、バレーボール部に興味を持っていた。でも小学校からの因縁の仲、Ａ子ちゃんがバレーボール部を選んでいた。だから聖子は争いを避けるために、バスケ部を選んだってわけ。

とはいえ聖子は始めてすぐに、バスケが大好きになった。好きだから練習も嫌がらない。楽しいからどんどんできるようになる。でも目立たないためには、レギュラーになってはいけない。普通はレギュラーを目指しているからきつい練習もできるんだろうけれど、聖子はレギュラーにはなりたくない。だけどバスケが心底好きだから、打ち込めた。

正直、身体がくたくたになってしんどい時もあった。それでも聖子は「ねえ、そんなに疲れているなら、このまま寝ちゃえば？」という私の誘惑に耳を貸さず、勉強もがんばっていた。

両立はしんどい。でもバスケも勉強も好き。どうしたら両方を続けられる？最初の頃、聖子はいつもそれを考えていた。

そしてある日、聖子は「逆境は後で自分に何かをくれるはずよ」と私に宣言をした。勉強とバスケを両立させる、と心にしっかりと決めた様子だった。「うん、聖子が勉強もバスケも大好きって私も知っている。だからできる限り応援するからね」と私は聖子を抱きしめた。

その頃から、聖子はカギがついた日記帳を書き出した。私と二人でしゃべりながら、全部できる自分、スポットライトを何の心配もなく浴びている自分のストーリーを日記帳に書いていった。聖子はこうやって、本当の自分を日記帳にだけ吐き出して、そこに閉じ込めていた。私は聖子の辛さを思い、眠っている聖子の髪をゆっくりとかしてやることしかできなかった。月が綺麗だった。残酷なほどに。

## ―心が通じる相手との出会い―

「渡辺、お前、テストでわざと間違えているだろ」。真っすぐに見つめられて、聖子も私も、どう反応していいかわからなかった。相手は栗田幸一だ。二軒となりに住んでいる幼馴染でもあった。

実のところ聖子は幼稚園の時から幸一が好きだった。そして幸一も聖子のことが好きだった。好き、というよりも大好きだった。なにしろ幼稚園に行くまでずっと手をつないでいこう、としつこく聖子に言っていたくらいなのだから。恥ずかしさのあまり、聖子は手をつなぐことを拒否した。ところが幸一は、それでも諦めなかった。聖子にも聞こえるように、みんなの前で「僕は聖子ちゃんが大好きなんだ」と誠に健全な子どもらしく、悪びれもせず、屈託なく宣言したのだった。

小学校へあがってからも、幸一は聖子と一緒に登校しよう、と何度も誘いに来た。けれども小学校で好きでもないB男に好かれたことでいじめを受けた聖子は、もし周りの子に聖子と幸一は仲がいい、と気づかれてしまったらどうなるんだろう？と恐れるようになった。今よりももっといじめられたり、仲間外れにされたりするのかもしれない。そう思うだけで、恐ろしくて幸一と二人だけで話すことも決してしなかった。幸一も聖子に気を遣ったのか、小学校ではお互いに素知らぬふりを続けた。

ところが中学で聖子は幸一と同じバスケ部になり、俄然2人の距離が近づいた。何しろ幸一といると聖子は楽しかった。幸一は勉強もスポーツも何でもできるし、友達もたくさんいる。そんな明るくて、屈託のない幸一といると、聖子は気持ちが楽になり、素の自分に戻れる気がしていた。やっと聖子にも、私以外に心を許せる相手ができた。そう思って安心していたら、このせりふだ。

「なんでそんなことを言うの、栗田君？」。切り返す聖子のことばは少し震えていた。「だってさ、この間違え方、おかしいよ。もっと難しい文章問題は綺麗に回答できているのに、こんな初歩的なところで間違えるなんて、変じゃないか？」と幸一は聞いてきた。

落ち着いて、聖子。うっかりミスったって言っちゃえ！と耳打ちする私のことばに従って「きっとうっかりしちゃったのよ。私、おっちょこちょいだから」とおどける聖子。普通の人はそこで「なーんだ。しっかり者の聖子も、結構抜けているところがあるのね」なんて安心して、手放してくれるはず。でも幸一は違った。なおのこと聖子の目をしっかり見たまま、さらに聞いてきた。「なんでわざと間違えるの？」と。

ああ、この人には隠せない。聖子も私も悟った。「そうね。栗田君にはわかっちゃうのね。確かにおかしいよね。・・・実はね、私が良い点を取って帰ると、おばあちゃんがお母さんにきつく当たるの。妹のあっちゃんや、はるちゃんよりいい成績を取ったらダメなのよ、私。」「え？何それ？変じゃない？」「変だと思う。でもそういう家なの。私はお母さんを守りたい。これ以上、辛い思いをして欲しくない。だから…」。そこまで言うと、聖子の目が涙でいっぱいになった。

それを見た幸一は慌てたように「ごめん。俺、渡辺を責めているんじゃないよ。ただ、できるのにできないふりをしているのは、もったい、と思ったんだ。渡辺の家のことは俺も詳しくはわからない。ただ、お婆さんにも、ちゃんとことばで伝えてみたらどうかな?」。聖子は驚いたように、涙でいっぱいの目を大きく見開いた。こんな建設的な、自分を思いやることばは生まれて初めて聞いたから。

それから幸一は聖子とよく人前でも話し、幸一は目立つことを怖がっていた聖子を自分の友だちの真ん中に連れ出した。聖子もだんだん慣れてきた。目立ったからといって、必ずいじめられるわけでも、悪いことが起きるわけでもない、と幸一が行動で教えてくれたのだ。

幸一のおかげで、聖子の人との付き合い方が少しずつ変わっていった。それまでの心を隠したうわべだけの付き合いから、少し深みがでてきた。表情も少し柔らかくなってきた。「恋って女を変えるのよねえ」。と私が感心したように言うと「辞めてよ、祥子ちゃん!私と栗田君はそんな仲じゃないの!」とむくれながらも、聖子はどことなく嬉しそうだった。

## ―高校時代―

「やっぱり、一緒の学校に行きたかったな。そっちには頭の良い、美人で素敵な女の人がたくさんいるかもしれないない」。珍しく聖子が気弱に呟いた。すると幸一は「ないないない！全然ないから安心しなよ！」と笑い飛ばす。そう、この春、幸一は地元で一番の高校に、聖子は二番の高校に進学するのだ。

離れ離れになってしまう。自分の世界を大きく変えてくれた幸一と。それが不安でたまらない聖子だったが、幸一にすがりつくのは嫌だった。だから自分なりに、自分らしい高校生活を作りあげよう、と心を決めた。

それに幸一の友人たちが口を揃えて「ありえないよう、聖子ちゃん。あいつが聖子ちゃん以外の女の子に惚れるなんてこと、ないない。でももしそんなことになったら、すぐに知らせるから安心しな！」と何人も請け負ってくれた。そのうちの一人は「なにしろ幸一と聖子ちゃんは、幼稚園の時からの付き合いだろ？あいつはずーっとそれから聖子ちゃん一筋だったんだぜ？今さら気持ちが変わるわけないじゃん！」と笑いながら言ったので、聖子もつられて笑いだす始末だった。

いよいよ高校に入って、初めて聖子は「親友」と呼べる女友達ができた。これは幸一とは別な高校に進学したからこそ、できたことだった。それまでの長い年月、聖子が心を許せる存在は私と幸一だけだったから、生身の同性の友達ができたことは画期的だった。

ある日聖子は「祥子ちゃん。私、高校で自分をリセットしてもいいのかな？どう思う？」と聞いてきた。やった。ついにこの時が来たんだ。私は感激しながら「もちろんよ、聖子！あのカギのついた日記に書いていたように、あなたはあなたらしく、何でも思いっきりやっていいのよ！」と即座に答えた。

それからの聖子は水を得た魚のようだった。中学と同じくバスケ部に入り、「ここでは思いっきりやろう！」と決めて、夢中になって練習をした。その甲斐があって、1年生なのにレギュラーに選ばれた。幼い頃から密かに憧れていた、スポットライトを浴びる瞬間が来たのだ。まあ、陰で先輩達から「生意気だ」とは言われたけれど、今の聖子は、もうそうした声を怖がらなくなっていた。

聖子は成長期を過ぎても１５１㎝と小柄だった。これはバスケ選手としては致命的なのに、レギュラーに選ばれるのは稀だった。実はこれは聖子のお父さんからのアドバイスが生きた結果だった。「聖子、いいんだよ。背が小さかったら、人の間をうまく抜けていけばいいんだ。うまくアシストできる人がいるから、シュートを決められる花形が生まれるんだから。」と言われて、聖子はすぐに「そう、そういうことを私、したいのよ！」と気づいたのだった。

花形でなくてもいい、花形を生む側になろう、と決めて、徹底的にライブマークアシストに走り回った。それこそコマネズミのように走り回り、献身的なプレーを続けたので、ついたあだ名が「こまねずみ」だったぐらいだ。

「渡辺さん、あなた、ナイスアシスト連発しているわね。全然足も止めずに、よく頑張っているわ」と、ある時、ずっとレギュラーを務めるみんなの憧れの先輩が声をかけてくれた。しかもみんなが見ている前で。見ていてくれたのだ。私は点を決める花形にはなれないけれど、その分、周りに貢献したい一心でいることをわかってもらえた。それだけで聖子は嬉しかった。そしてこの先輩の一言から、部内の風が変わった。「渡辺さんはよくやっている」に。

聖子の内面も少しずつ変わってきた。自分で自分を縛ってきた「目立つ」のレベル規制が緩くなり、だんだん素の自分でいられる時間が長くなった。

ある日、たまたま同じアイドルが好き、と知った美香が「聖子、マッチが好きなの？私もよ！」と声をかけてくれた。2人でアイドルの話から始まり、実は美香がバンドも好き、と知ってからは聖子も当時流行していたバンドを片っ端から聞いてみた。世の中はアイドルだけじゃなくて、バンドがこんなにあるのか、と驚く聖子に、美香は「あたしはね、もうちょっと古いバンドも好きなのよ」とサラリと言った。

聖子は自分の世界がどんどん広がっていくような気持になった。自分の慣れ親しんでいたピアノの練習や、「本家」としての掃除や家具の手入れの仕方、妹達を気遣うこと、おばあちゃんの「お怒りスイッチ」が入らないようにすること、そして勉強とバスケ。それだって立派にいろんなことをやっている、知っていると思っていた。でも世界はもっと広いんだ。これからもっといろいろな新しいこと、新しい人にも出会うだろう。聖子は自分の人生が無限の可能性を持っていることに、改めて気づいてワクワクしてきた。

私はそんな聖子の変化が嬉しくてしょうがなかった。だってあんなに周りに気を遣い、おどおどしていた聖子は本当の聖子じゃなかったから。私が見たかった、堂々とした聖子、人がつい目を留めてしまう聖子の輝きが誇らしかった。

この頃には、おばあちゃんも少し丸くなってきたようで、聖子に対してはほとんど文句を言わなくなってきた。敦子と春子の成長についても、お母さんを叱ることは前より減った。特に敦子が聖子に負けず劣らず優秀であると分かってきたあたりから。けれど、相変わらずおばあちゃんはお母さんにきつかった。息子を盗られたって思い込んでいる。その衝撃がいつまでもおばあちゃんを支配しているんだな。聖子はそんな風に冷静に考えられるほど、大人になっていた。

## ―大学進学、そして・・・―

「やった！これからは4年間、幸一とずっと一緒ね！」と嬉しくてたまらない様子で微笑む聖子。「それ、何回言ってんの？」とからかう幸一。そう、二人は学部こそ違うけれど、この春、同じ大学に進学したのだ。

幸せな日々が始まった。聖子は大学で好きな国文を勉強し、そして大好きな幸一とキャンパス内で待ち合わせをして、一緒にランチをしたり、勉強をしたりしている。そんなたわいもないことが、聖子にとって夢のようだった。私から見ても、眩しいほど聖子は輝いていた。これこそ、私が長い間見たかった、本当の聖子の輝きだ。ようやくここまでこられた。聖子はよく耐えたし、頑張った。自分を低く見せようと努力した頃もあった。それだって、大好きなお母さんをおばあちゃんのお怒りから守りたかったからだ。そんな方向音痴ながんばりも含めて、聖子の努力がようやくカミサマに認められたんだ。そう思って私も嬉しくて仕方がなかった。

大学進学を機に聖子は実家を出て一人暮らしを始めた。一人で自分のことを全部やるのは大変だったけれど、それすらも楽しそうだった。すぐ下の妹、敦子が聖子と同じくらい優秀なので、おばあちゃんの機嫌がいい。だからもうおばあちゃんが聖子と敦子と春子を比べて、お母さんを叱りつけることはないだろう。そう思うだけで聖子は幸せだった。聖子の未来。そこには何も不安なことはない。これからは、もっともっと幸せになる。

良かったね、聖子。もう目立つことを怖がったり、優秀なことを隠したりしなくていいんだよ。これからは何も心配しないで、どんどん幸せになれるよ。私は聖子に何度も「おめでとう」と言いたかった。まさか、その先に真っ黒な雲がやってくるとは夢にも思わなかった。

# 第２章

# 真っ暗な闇の中

# ―突然の嵐―

え？聖子の身体が震えている。私も今言われたことを理解するまでに数秒が必要だった。目の前ではお父さんが「すまん！」と頭を下げている。お父さん。こ疲れ果てた顔をしている。こんなお父さんの顔、見たことない。いつの間にこんなにげっそりしてしまったの？どうしてこんなことに？

大学進学と同時に一人暮らしを始めていた聖子に、お母さんから「すぐに、こっちへ来て」と深刻な口調で電話があったのは昨日。

ただならないお母さんの声に「何があったの？」と聖子が聞く前に電話は切れた。おかしい。昨晩、聖子と私はよく眠れなかった。「ねえ、祥子ちゃん。お母さんが深刻な病気になったのかしら？」「うーん、そうだったらお母さん、それっぽいことを電話で言うんじゃない？」「そうよね…」「あとはお父さんが病気？」「うーん。それもあり得るけど…」。そんな風にあれかこれかと2人で話し、うつらうつら眠って迎えた翌朝。急いで電車とバスを乗り継ぎ、久しぶりに帰った実家だった。「ただいま」と言いながらドアを開けると、聖子が戻るのを待っていたらしいお母さんが玄関へ転げるように出てきた。お母さんの顔にはいつものほほえみが無い。「お帰り、聖子。慌てさせてごめんなさいね」という声も、なんだかしゃがれている。

聖子はお母さんに「何があったの？お母さんの具合は大丈夫なの？」と聞いた。それなのに「いいから、早くこっちに来て」と先に小走りで廊下を行くお母さん。何？この雰囲気は？

聖子が大学に進学した前後に、おじいちゃん、そしておばあちゃんが亡くなった。少し人の気配が減った家。でも案内された部屋には妙に張り詰めた空気が漂っていた。お母さん、加奈子おばちゃん、敦子と春子。全員が黙って座っている。その反対側で床の間を背にしたお父さん。聖子が座ると同時に、お父さんが深々と頭を下げた。

「父さんは、ある人に頼まれて手形取引をした。その手形が不渡りになった。その人の会社が倒産したからだ。でも支払いは待ってくれない。しかもその人の会社の借金まで、こちらが払わなければならないことになった。ウチの会社も…倒産だ。すまん！」。苦しそうな声で事実を告げたお父さん。

お父さん、お父さん。よくわからないよ。だけどお父さん、もの凄く苦しかったのね。だからそんなにやつれてしまったの？そんなに疲れ果てた顔をして、どれだけ大変だったの？どうして、そんなになる前に言ってくれなかったの？

「連鎖倒産ってこと？」とお母さんが震える声でお父さんに聞いた。「そうだ。私が判断を間違えた。あの人に頼まれて、断り切れなくて、つい…」。声を詰まらせたお父さん。お父さんは優しい人だから、その人に頼まれて断れなかったんだろう。手形取引はしない、といつも言っていたのに。私は震える聖子の肩をしっかり抱いていることしかできなかった。

予想もしていなかった、嵐のような日々が始まった。債権者が押し寄せてきた。工場で働いていた200人ほどの従業員さんに、突然の倒産を説明するお父さん。血を吐く思いで会社倒産の説明をする姿に、従業員さんから非難の声が上がらなかったのがせめてもの救いだった。

借金は1億5千万円もあった。家と工場。めぼしい家財。さらに全部の土地を売り払って、それでも残った金額は一億円。家も工場も失った聖子達一家に、とうてい返済できそうもない多額の借金がのしかかってきたのだ。

「私、決めたわ。大学を辞める」。聖子はきっぱりと言った。両親も、加奈子おばちゃんも反対をした。たった20歳の聖子に何ができる？それよりしっかり勉強をしなさい、と。とはいえ、その学費すら捻出できないのが今の実情だ。聖子の気持ちは固かった。「大学に行っている場合じゃないわ。私も、ほんの少しでもお父さんを助けたい。敦子と春子はまだ高校生だから、まずは高校を卒業するのが仕事よ。あっちゃん、はるちゃん、しっかり勉強するのよ。いいわね？私はもう大学生だから、十分に勉強した。だからもういいの」。そう言って心細そうにしている敦子と春子を励ました。「加奈子おばちゃん、お母さんをよろしくお願いします。」「聖子ちゃん、あなた、本気なの？」「もちろんよ。だって家族なんだから、助け合わなきゃ。」とわざと明るい声で聖子は言った。

そして両親に向き直り「お母さん、心配しないで。私もしっかり働く。こう見えても私、バスケ部6年間で、体力は鍛えてあるんだから。お母さんの方が無理しちゃだめよ」「聖子、でも、お前、大学が楽しいって言っていたのに…。」泣き出しそうな顔でそう言ったお母さんに「大丈夫、私のことは。それよりお母さん、お父さんが無理しないように見てあげてね」と気丈に聖子は言い切った。そしてお父さんには「お父さん、大丈夫。私、お父さんが間違ったことをしたなんて思っていない。お父さんは優しいから巻き込まれちゃっただけでしょう?私も少しでも手伝うから。だからお父さん、無理しないでね。お願いだから」と言った。お父さんは「聖子…。本当に、本当にすまん…」と絞り出すように言い、がっくりと頭をさげた。

こうして実家から戻った翌日、聖子は真っ先に幸一に、そして友達や教授に向かって「私、大学を辞めます。これはもう、決めたことなの。途中で勉強を投げ出すようなことになって、ごめんなさい」。突然そう言いだした聖子に、大学の教授や友人など、たくさんの人がなんとか卒業までは奨学金を使ってでも勉強を続けるように、と引き留めてくれた。みんな聖子が勉強好きで聡明なことをしっていた。そして今学んでいる国文に関して、深い知識の裏付けがあり、これからの成長を楽しみにしていたからだった。

「ありがたいわね。こんなにたくさんの人が引き留めてくれるなんて、思いもかけなかったわ」と、聖子は私と二人だけの時には泣き笑いをした。でもみんなの前では「大学に来ている場合じゃなくなったの。お父さんを助けるために働かなきゃ」と一貫して笑顔で言い続け、ことばどおり、すっぱりと大学を退学した。そして実家の引っ越しを手伝った。住み慣れたあの家は、もう他人のものになったのだから。

聖子の大学退学とほぼ同時期に、お父さんの知り合いの社長さん達数人がお金を出し合って、お父さんの借金1億円を肩代わりしてくれた。その中の一人、田中さんが聖子達の引っ越し先である小さな家にやって来てくれた。狭い居間で聖子はお茶を出しながら話をきいていた。「渡辺さん、金利はいらないよ。いつまでに返済してくれ、とも言わない。月に1回、1円でも返済してくれればいい。あんたは本当に優しい良い人だよ。人が好過ぎて、こんなことになっちゃっただけだよ。俺たちは仲間なんだから。俺たちにも手助けさせてくれよ。また一緒に飲みに行こうよ」。

そのことばを聞いて、お父さんは初めて声をあげて泣いた。それまで、家族の前でも決して涙を見せなかったお父さん。どれだけ我慢をしていたか。先祖代々の土地も屋敷も、工場すら奪われた。でもこんなに素敵なお友達を持っていたんだね、お父さん。お父さんの涙につられたように、お母さんも聖子も泣いた。

お友達の社長さん達の好意は本当にありがたかった。でも借りたものは早く返したい。返さなきゃいけない。その一心で、お父さんは昼夜掛け持ちで休みなく仕事をした。元がお嬢様で身体が丈夫とは言えないお母さんも頑張って働いた。聖子は3つの仕事を掛け持ちし、睡眠時間は毎日4~5時間、という日々が続いた。昼も食べずに、昼休みに睡眠をとるほどだった。私は聖子が少しでも元気でいるように口うるさく「寝なさい、食べなさい」と言い続けた。

幸一は「俺も手伝う」と言い、少額とはいえ、家庭教師のバイト代を渡してくれるようになった。聖子は最初、「幸一、気持ちは嬉しいけれど、それは受け取れないわ。だって幸一は家族じゃないんだから」と拒んだ。だが、幸一は「おじさんの性格、わかっているからさ、俺。聖子のためにも、少しでも力になりたいんだ」と笑顔で聖子にバイト代を渡してくれた。

幸一のお母さんも、ずっと近所だったことから、聖子達一家のことはよく知っていた。「うちの子はあなたのためだったら何でもするわよ、聖子ちゃん。だからね、好きなようにやらせてやって。あなたのお父さんは悪くない。人様の巻き添えを食った、交通事故みたいなものよ。だからこういう時は助け合わなきゃね」と笑顔で言ってくれた。

聖子は幸一のやさしさ、大らかさに改めて「なんてスゴイ人なんだろう」と感謝と尊敬の念を持つとともに、救われた思いがした。こうしてお父さんとお母さん、そして聖子も懸命に働いて、少しずつでも返済を進めていった。聖子が20歳から23歳まで、こんな日々が続いた。

## ―結婚式は6月―

23歳になった聖子と幸一。大学を卒業した幸一は、会社勤めを始めた。そして「聖子、結婚しよう」と言ってくれたのだ。もちろん聖子は幸一以外の人と結婚するつもりなんて全くなかった。だから心の底から嬉しかった。嬉しい反面、聖子は実家の借金を背負っている自分と幸一が結婚して、幸一は幸せになれるんだろうか?と迷っていた。

「良いんじゃないの?幸一自身が、ぜーんぶ知った上で『聖子と結婚したい』って言っているんだから」と私が言うと、聖子は「うん、そう思う時もあるのよ、祥子ちゃん。でも、このまま結婚しちゃったら、幸一まで私の実家の借金に巻き込むような気がして…。」「まあねえ。学生時代に少ないバイト代からでも援助してくれた幸一だから、辞めてって言ってもやるでしょうねえ。」「それは幸一のためにならない、と思うの。」「つまり聖子は今の自分と結婚するのは幸一に悪い、と思っているってことでしょ?」「そうよ。」「じゃあ、借金を返し終わるまで幸一と結婚しないの?その間に幸一が他の人と結婚したくなっちゃったらどうするの？」「嫌！そんなこと、考えたくない！意地悪ね、祥子ちゃんは！」「ほーら、もう答えは出ているのよ。この際、まずは幸せになっちゃいなさいよ。そうしたら、聖子のお父さんやお母さんも絶対に喜んでくれる。希望が湧くし、働く元気も出てくるわよ」と力づけると、聖子はちょっと恥ずかしそうな顔をしながら「うん」と小さく頷いた。こんなに嬉しそうな聖子を見るのは久しぶりだ。幸一と結婚したら、もう大丈夫。聖子のことは安心して幸一に任せられる。私は暢気にそう思っていた。

聖子の意思が固まり、お金が無いので式はせずに、籍だけいれようと２人で話し合っていた。ところが幸一のたくさんの友達が「そりゃあないよ。２人の結婚式、俺たちがやってやるぜ」と言い出したのだ。そして、聖子の友人たちも一緒に２人の結婚式を計画してくれた。手作りの温かい人前式の結婚式。それは６月に予定された。

「６月と言えば、ジューン・ブライドだねえ」と私がからかうように言うと「やめてよ、祥子ちゃん」と言いながらも、聖子は幸せそうに微笑んだ。これまで見てきた中で、一番幸せそうに輝く笑顔だった。

## ―明日が来るのは奇跡―

その頃、聖子は幸一の家の近くに住んでいた。実家は狭く、昼夜働く聖子が深夜に帰宅すると、全員を起こしてしまう。そこで聖子は、小さなアパートの一間を借りた。そして毎朝幸一にお弁当を渡して「行ってらっしゃい」と送り出すのが日課になっていた。

ところが4月半ばのある日。聖子は幸一と珍しくちょっとしたことで喧嘩をした。基本的に幸一は怒らないので、多分、私が知っている限り、2人にとって初めてのケンカだったと思う。聖子は結婚を前に将来のことをいろいろ考えこんで、ちょっと神経質になっていた。私がいくら「心配したって仕方ないじゃない。結婚してみなきゃわからないんだし」と言っても耳を貸さない。幸一も怒らない。それなのに聖子だけがなぜかイライラしている。聖子は今までにない、そんな自分が嫌になったかもしれない。珍しく友達の家に連絡をして、泊りに行った。

友だちの家で一晩かけて散々おしゃべりをして、少し心が落ち着いた聖子は、翌日はそのまま仕事に出かけた。幸一にお弁当を渡さなかった、初めての朝だった。

昼前、職場に電話があった。電話の向こうは幸一のお母さんだった。「あ、お母さん。こんにちは！」と明るく話し出した聖子に聞こえてきたのは「幸一が、幸一が・・・」という幸一のお母さんの声にならない声だった。「お母さん？お母さん？どうしたんですか？幸一さんに何があったんですか？」。ただならない聖子の声に、職場の同僚がチラチラとこちらを見ている。でもそんなことに構っている場合じゃない。「聖子ちゃん…。あのね、とにかく、XX病院まで来て」と、最後は涙声で幸一のお母さんは電話を切った。

聖子は職場を早退して、すぐさまXX病院に駆けつけた。そこで知らされた。今朝の通勤時、三叉路で止まっていた幸一の車にトラックが突っ込み、幸一の車が大破したことを。そして幸一は即死だったことを。

幸一は聖子を支えるために倹約をしていたから、乗っていたのは軽自動車だった。その小さな車に大きなトラックが減速もせずに突っ込んだのだ。幸一はちゃんと停止線手前で止まっていた。だけど運転手席側からトラックに突っ込まれた。よける暇も、場所もない狭い道だった。運転手は居眠り運転をしていた、とも言われた。

「会わせて！幸一に会わせて！私、信じない、信じないから！」と泣き叫ぶ聖子を、幸一のお母さんが抱きかかえて泣きながら言った。「見せられない、見ちゃダメよ、聖子ちゃん！幸一はあんな姿を、あんなになった姿をあなたに見せたくなんかないんだから！！」「嫌、嫌よ！幸一に会わせて！あの人にもう一度会わせて！会えない限り、私は信じないんだから！」。聖子の悲痛な声が病院の廊下にこだました。

うそ。誰か嘘って言って。幸一が死んだなんて、そんなの嘘だって言って。だって私、お弁当を渡していない。初めてお弁当を渡さなかったの、今日の朝。そして昨日喧嘩をしたのに、謝っていない。ごめんなさいって言っていない。お弁当を渡したい、今からでも。ごめんなさいって言いたい。すぐにでも。でも、もう渡せないの？言えないの？昨日まで生きていた幸一は、この世の中にもういないの？そんなの、おかしい！

だって、私達6月には結婚しようって言っていたじゃない！それなのに、どうして？どうして幸一が死ななきゃいけないの？世界中で一番大切な人、私を心から愛して支えてくれた人なのよ！？これからもずっと一緒に歩いていこうって言ってくれた人なのよ？子どもの頃から大好きで、やっと幸せになれると思ったのに！私、ごめんなさいも言えないの？このまま二度と幸一に会えないの？誰か、これは嘘だと言って！私が死んだ方が良かった！幸一は、あの人は、あんなに心がきれいで優しい人だったのに。その幸一が居眠り運転に突っ込まれて死ぬなんて、酷い、酷すぎる！どんなに辛かっただろう。どんなに痛かっただろう。何も悪いことなんかしていない幸一が死ぬなんて、そんな世界、おかしい！

聖子の心の中に湧き上がってくる悲しみと自責の念の奔流に抗いながら、私は必死に「聖子、聖子！悲しいけど、自分を責めちゃダメ！しっかりして、ねえ、聖子！」と声をかけ続けた。

聖子は突然「私のせいよ、祥子ちゃん、私のせいよ。幸一は軽自動車しか買えなった。私にお金を渡してくれていたから。もし幸一がもっとしっかりした車に乗っていたら、事故に遭っても助かったかもしれない。でも軽自動車だったから車が潰れちゃったの。だから幸一は死んだのよ。私が殺したのよ！私と付き合っていなかったら、幸一は死なずに済んだのよ！」と狂ったように泣き叫ぶ。私は「しっかりしてよ、聖子！あなたのせいで幸一が死ぬわけがないでしょう？幸一がどれだけあなたを愛していたか、忘れちゃダメ！」と言い聞かせる。そんな日々がどれほど続いただろう。

聖子は、一時期は自分も死のうとしていた。幸一の後を追って。だって幸一のいない世界で生きていたくなんかない。そう思っていた。でも自分が死んだら借金を返せない、と気づいて、やっと死を思いとどまった。聖子のお父さんは昼夜掛け持ちの仕事を続けて身体が悪くなり、いずれは失明する、と言われる「視界狭窄」になっていた。もう以前のように働くことはできない。これから先、何年働けるかもわからない。お母さんはもうすでに身体を壊して、寝たり起きたりだった。妹たちには苦労をかけたくない。私が返さなければ、1億円を。何があっても、返さなければ。その一心で聖子は死を選ばなかった。

しばらくした頃、聖子は静かに私に呟いた。「ねえ、祥子ちゃん。誰かと喧嘩をしたら、その日のうちに謝っておかなきゃダメね。今日やれることは、今日やっておかなきゃダメよね。だって、明日が来るのは奇跡なんだから。今日の続きが明日、なんてそんなことはないの。明日が来ない人だっているんだもん。それが私かもしれない。私が愛する人かもしれない。知らない人かもしれない。だけど必ず世界のどこかには、明日を迎えられない人がいるのよ。今までもいたのよ、この世界にたくさん。でも、私は気づいていなかったの。だけど今、よくわかるのよ。今日会えた人に、明日も会えるって保証はどこにもないってことが。明日が来るのは奇跡だってことが」。聖子は静かに涙を流していた。

聖子はかけがえのない、愛する人、幸一を失い、確かなことは今しかない、やるべきことはやれる時に何でもやっておかなければいけない、という認識を一層強くしたのだ。血を吐くような思いで過ごしたこの日々を乗り越えて。私は黙って聖子を抱きしめた。

## ―守りたい命―

死を思いとどまった聖子だったが、食事をとらなければ死ねるだろうか？という考えが頭をよぎることもあった。それ以前に、食欲というものを感じなくなっていた。それでも借金を返さなければ。その一念で、乾きはてた砂漠のような心のまま、日々忙しく働いていた。

ある日、「ねえ、祥子ちゃん、私、生理が止まっている」と聖子が呟いた。「ああ～、そうね。あんまりにもショックが強かったし、あれからろくに食べていないから、生理が止まったのかもしれないわね」と私は答えつつ、待てよ、と思った。

幸一が亡くなったのが4月。今はもう7月。ちょっと長くないかしら？「ねえ、聖子」「あのね、祥子ちゃん」。二人はほぼ同時に声をあげた。そして聖子は無言で薬局へ走った。妊娠検査キットの結果は陽性。つまり聖子は幸一の子を身ごもっていたのだ。

聖子にとっても、私にとっても戸惑いが最初だったが、すぐにそれは喜びに変わった。幸一の命を受け継ぐ子が、聖子に宿り、今、聖子の身体の中で日々刻々と育っている！なんて神秘だろう。

聖子は喜んで幸一のお母さんに報告した。すると幸一のお母さんも「まあ！それは、それは…」と最初は満面の笑みだったのに、すぐに辛そうな顔になった。そしてゆっくりと聖子に言い聞かせるように話し始めた。「聖子ちゃん、あのね、良く聞いて。その赤ちゃん、産んで欲しいし、産ませてあげたい。だって幸一とあなたのこどもなんだから。幸一の生まれ変わりなんだから。でもね、聖子ちゃん、よく考えて。あなたには未来があるのよ。そして幸一はいないの。ね？どうやって一人で子どもを育てていくの？子どもをかかえて、女一人で生きていくってそんなに簡単なことじゃないわ。産みたい気持ちはわかる、産ませてあげたい。だけど、まずはあなたの未来を考えて。」と。

「え？それってつまり…」と震える声で聖子が尋ねると、幸一のお母さんは黙ったままうなずいた。そして小さな声で「中絶しなさい」と言ったのだった。聖子は大きなショックを受けた。幸一の命を受け継ぐ子が、今、聖子の中で育っている。それを中絶？そんなこと、できるわけがない！

実家にも相談したが、似たような答えが返って来た。お父さんは働き疲れ果てた表情で、それでも「借金のことは考えなくていい。これは俺がなんとかする。俺の問題だから。でもな、女一人で子供を抱えて、これからどうやって生きていく？世の中はそんなに甘くはないぞ」と言った。お母さんも「可哀そうにねえ、聖子。私が元気だったら、いくらでもお世話できるんだけど、今の私はそんなこともできないの。あなたの力になれなくて、ごめんなさい」と泣いていた。お母さんは元が良いお家のお嬢さんだったから、体力はそんなにない。だけどあの事件以降、お母さんなりに必死に働いた。それまで大した仕事の経験が無かったお母さんに見つけられた仕事は食堂の皿洗いだったり、掃除だったりしたが、それでも必死に働いた。そして、元から丈夫とは言えない身体を壊してしまった。

そう、聖子を取り巻く父母の世代は揃って出産に反対なのだった。そして聖子は次第に「この人達の近くにいたら、この子は殺される」と思い込むようになった。「聖子、それはいくらなんでも考えすぎよ。誰も赤ちゃんを殺しに来ないから！」と私がいくら言っても、うわ言のように「ダメよ、ここにいたら。この子が殺されちゃう。幸一の生まれ変わりなのに」というばかりだった。

聖子の頭の中は「どうしたらいいんだろう。この子は幸一の生まれ変わりだ。幸一が残してくれた、かけがえのない命を今度こそ私が守らなければ。でもどうすれば、どこへ行けばこの子を産んで育てられる？」と同じ考えがぐるぐると渦を巻いていた。

こんな出口の見えない聖子の苦しみに光を照らしてくれたのが、あの「２人の結婚式をやろう！」と言ってくれた、幸一と聖子の友人たちだった。たくさんの友達が、気持ちよく聖子を匿ってくれた。おかげで聖子は親世代から追いかけられることもなく、無事に出産の日までを過ごせた。

そして、誰一人家族として呼ぶこともできない初めてのお産だったけれど、聖子はよく耐えた。生まれたのは男の子だった。どことなく幸一に似た顔立ちの子。翔太と名付けた。生まれてきてくれて、ありがとう。小さな小さな翔太を見ながら、産院のベッドで祥子は静かに涙を流した。ここに、確かに幸一の命を継いだ子がいる。そう思うだけで、聖子は将来への不安よりも幸せを強く感じていた。

翔太が生まれてから約2年間、たくさんの友達が働きながら、交代で翔太の面倒をみてくれた。翔太は期せずして、たくさんのお父さんと、たくさんのお母さんに見守られながら成長した。この関係は友達がそれぞれ結婚して、自分の家庭を構えてからも変わらなかった。翔太という小さな命を中心に、聖子はたくさんの友達と手を取り合って進めた。これは聖子にとって「目立っちゃいけない」「人と深くつきあっちゃいけない」という幼い頃からの呪縛を取り払う結果となった。聖子はここで強くなった。

さらに聖子はこの時、もっと社会の制度を知らなきゃいけない、お金のことも知らなきゃいけない、と強く思った。私たちは社会の中で生きている。もしかして自分のような立場でも助けてもらえる支援があったのかもしれない。そしてどんな形であれ、私たちはお金と一生付き合っていくのだから、お金のことをもっと知らなければ。昔々おじいちゃんが教えてくれたお金のお話。あれをちゃんと学ばなければ。そう決心しながら、腕の中の翔太を宝物のように抱いて「大丈夫。あなたは必ず私が守ってみせるからね」とほほ笑んだ。

## ―暗闇の中で見えた人の優しさ―

「ダメよ、そんなことしちゃ！」「うるさいわよ、祥子ちゃん。私だってこんなことしたくない。けど、どうしたってお金が必要なのよ」「だからって、風俗で働くなんてダメよ、聖子！」。こんな押し問答が続いていた。

翔太が生まれて幸せなのは本当だけれど、親の借金はどんなに働いてもろくに減らない。何しろ金額が大きすぎる。1億円なのだ。さらに翔太の将来を考えたら、もっともっとお金が必要だった。それで聖子は思い余って、風俗に目をつけたのだ。

私の反対を振り切って、聖子は風俗のお店に電話をした。面接に来てください、と言われた。でも、どうしても面接を受けられない。指定されたお店の近くまでは行くけれど、その店の扉を開ける勇気が出ない。扉のそばに行くことすらできない。そこで断りの電話をする。そんなことを10回以上繰り返した。それはそうだ。私が全力で聖子の心にそんなことは辞めるように説得していたんだから。

翔太の存在も大きかった。この子を育てるために、と思う反面、この子の父親の幸一にこんな姿を見られたくない、とも思ってしまう。でも一方では、世間の母子家庭では、誰からも助けてもらえずに、自分でその道を選ばざるを得ない人たちもいるのに、自分はなんて贅沢で意気地なしなんだろう、とも思う。

こんなことを何回も続けたある日。もう夜が始まろうとする時間だった。「今日も面接を受けられなかった。扉を開けることもできなかった。意気地なしの私。なんてダメなんだろう」と肩を落として北新地を歩いていた聖子。そこに一目で高級なお店の人、とわかる少し年上の女性が反対側から歩いてきた。そして足をとめて、やおら聖子に声をかけてきたのだ。「あなた、このあたりで何回か会ってるわね。どこかのお店で働いているの？」と。

聖子は初対面の人なのに、その人の目をみていたら、なぜだか自分の事情を話したくなった。そして言った。母子家庭で、誰の援助も受けられない。だけど事情があってお金が必要だから、風俗で働こうと思った。でもどうしても風俗で働く決心がつかないのだ、と。するとその高級クラブのママらしい人が「じゃあ、うちのお店で、皿洗いからでいいから働きなさい。子どもがいるなら、寮に入ればいいわ」とサバサバと言った。まるでそうするのが当たり前かのように。

聖子も私も耳を疑った。だって聖子は「ホステスはやったこともないからできないし」とこの人にちゃんと言ったのだから。それでもそのママは「皿洗いからこの世界を見ていけばいいから。私も一人で子どもを育てたから大丈夫」と言ってくれたのだ。

人は人に生かされている。聖子はそう思った。今まで長い間、聖子は人と深く付き合うことを避けてきた。目立ちたくない、目だったらいじめられたり、おばあちゃんがお母さんを怒ったり、と嫌なことばかりが起きる。だから聖子は人と深く付き合うことが怖かった。翔太という子どもがいる年齢なのに、親友はたった一人。あとは幸一の友達と翔太を産む時に匿ってくれた友人たち。だけどお世辞にも友人が多いとは言えない。

そんな聖子が、見ず知らずのクラブのママに本当のことを話してみたら、思いもかけない扉が開いたのだ。人に言ってみるって大切なことだ。聖子は目が開いたような思いだった。そして真っ暗闇の中にみつけた人の優しさ、という小さな灯を伝って、聖子は新しい世界へと歩き出した。

# 第3章

# 人の縁と優しさと

## ―高級クラブという新しい世界―

「皿洗いをしながら、時々はヘルプに入ってね」とママから言われた聖子。言われた通り時にはママに呼ばれて、ドキドキしながら席についた。お客様のお話しに耳を傾け、黙って飲み物を作ったりする。これぐらいしか、聖子にできることはなかった。黙って目立たないようにしているのは聖子のお得意だったが、これでいいのかわからず、手探りの毎日だった。

夜の仕事を始めたとは言うものの、もちろん昼間の仕事はしたまま、だ。そうでなければ借金は全く減らない。

ママは聖子が昼間働きたい、働ける人間だと知っていた。そのうえで「ちゃんとした一流の紳士、一流の会社の社長さんを相手にしても、しっかりと話せるようにしてあげる」と言い、毎日課題を出してきた。クラブで働くのに、課題が出る？聖子は正直面食らったが、ママはお構いなしに「この新聞を読みなさい」「この本を読みなさい」と次々課題を出してきた。

クラブに勤めている女性も、一流の会社の社長さんとお話しをするためには様々な知識が必要だなんて、聖子も私も想像もしていなかった。第一、聖子が育った環境では、正直に言えば、こうした「水商売」と言われる世界で働く人々を「別世界の人」と考えているところがあった。だからそこで何が行われているのか、聖子は全く見当もつかないまま、ただあの日、ママの差し出してくれた手にすがって、思い切ってこの世界に飛び込んだのだ。

だからと言って、皿洗いと時々ヘルプで黙って飲み物を作っているばかりで良いんだろうか？ママの好意に甘えっぱなしではいけない。せっかく自分に助けの手を差し伸べてくれたママに恩返しをしたい。その一心で聖子は課題に取り組んだ。

夜の仕事が終わって寮に戻り、預けていた翔太とひとしきり遊んでやって、翔太が眠りについてからが聖子の勉強の時間だ。

社会情勢や株価、特に各会社の業績。どの産業が今は景気が良いか、投資先として有望な会社はどこか。今話題の本には何が書かれているのか。昼間の仕事と夜の仕事を終えてからの学びは簡単ではなかった。

でも聖子の好奇心がまず動いた。なぜ一流のクラブで働く女性達は、一流の会社の社長さんと対等に話せる知識を持っていなければいけないんだろう？聖子が持っていた「水商売」のイメージからすると、これはだいぶ様子が違う。

自分が風俗に行くしかないと思い詰めて、でもその世界に足を踏み込めなかった時。もしかして、あの時にもっと公共の福祉制度や社会の知識があったら違ったのかもしれない、と今は思う。知識は身を助ける。それはわかるけれど、クラブの女性にも知識が必要なのかしら？しかも社長さん達が好む話題で、同じくらいの知識が？その知識は、聖子が痛感した「自分の身を守るために持っている方が良い知識」とは違う。

しばらく考えてから、やおら聖子は目を輝かせて言った。「祥子ちゃん、わかったわ。一流のお客様が値段は高くてもママのお店に来てくださる秘密が。」「え？それと課題と何か関係があるの？」と私はびっくりしながら尋ねた。「大ありよ。だって社長さんや紳士のお客様達は、ただお酒を飲んで羽目を外したいわけじゃないのよ。ママのお店に行けば、そこにいる女性達が社長さん達のお話をきちんと理解して、しっかりしたお話し相手になってくれる。これが、社長さんたちがママのお店に来てくださる大きな理由の１つなのよ。もちろんママのお店が持つ優雅でくつろげる雰囲気も大切よ。でも見た目だけなら、真似はいくらでもできるし、しているところもきっとある。その中でも、わざわざママのお店に来てくださるのは、手ごたえのあるお話し相手が時には欲しいからなのよ。だから私も、ママの言うように一流の会社の社長さん達と楽しくお話ができるくらい、こうしたことを勉強しないといけないんだわ！」。

課題が出されるのはなぜかがわかった聖子は、俄然課題に積極的に取り組み始めた。元来、頭が良くて勉強好きな聖子だから、自分からママに質問したり、自分の意見を言ったりするようになってきた。

よくやれるなあ、と勉強する聖子を見つめながら、私は翔太のほっぺたをつっつきたくてうずうずしていた。でも、本当は聖子だって翔太とできるだけ長く一緒に過ごしたいはず。

翔太が寝静まってから勉強をするのはそのせいだ。そして聖子には夢がある。いつまでも夜の世界で安住するのではなく、昼の世界でしっかり働いて早く借金を返すこと。翔太に寂しい思いをさせないことだ。だから睡眠時間を削ってでも学び続けている。私はそんな聖子を、子どものころとは少し違うけれど、やっぱろ私があなたを守るからね、と強く思った。

聖子の成長ぶりを見て、ママは「次には食事のマナーもしっかりしてないとね」と言い、聖子を高級レストランや料亭に連れ出した。今まで聖子が足を踏み入れたことすらないような、高級なフレンチレストランで、緊張しながらカトラリーの使い方から、ワイングラスに口紅をつけないよう、さりげなくナプキンを使う方法や食事とワインの組み合わせ方まで教えてもらった。テーブル係の人へのお礼やねぎらいのことばのかけ方まで、ママを見て覚えた。

料亭ではどんな順番でどんなお料理が出されるのか、その意味や使われている食器の見方、扱い方、さらに目でみて味わい、食べて味わう和食の奥の深さまで教えてくれた。お料理をもってきてくれる仲居さんにどんな風に話しかけたり、料理を褒めたりすればいいのかも、ママから直接学んだ。

ママはどうしてこんなに私に良くしてくれるんだろう？と聖子が戸惑うこともあった。ママのおかげで聖子と翔太は寮に入れた。とりあえず家賃の負担は少ない分、借金の返済も少しずつでも進んでいた。

そして聖子にとって自分の命よりも大切な翔太は、生前の幸一との思い出を大切にしているたくさんの友達がその成長と見守りを手伝ってくれた。翔太の出産まで聖子を匿ってくれた、結婚式を手作りしてくれようとしていた、あの友人たちだ。そのおかげで翔太は２歳まで、あちこちの友達の家で聖子の帰りを待つことができた。翔太はたくさんのお父さん、お母さんに育てられたようなものだ。

昼夜続けて働いている聖子にとって、翔太に寂しい思いをかけずに済むようにしてくれた友達たちには、感謝しかなかった。

そして誰よりも、仕事も学びも住むところまでを、見ず知らずの自分に気持ちよく与えてくれたママには感謝してもしきれなかった。

26歳から29歳までの3年間はみっちりママに導かれ、ママを見本にして聖子は夢中で生きていった。その間にママは、知識やマナーだけでなく、もっと大切な「人に対する考え方」を少しずつ、さり気なく教えてくれた。

きちんと人と付き合っていくことや、人の本質を見抜く力をつけること。「こういう仕事をしているとねえ、いろんな女の子を雇うでしょ?だから自然に人の内面を見る力がついちゃうのよ。」とママは何でもない事のように言っていたけれど、それは裏切られたり、騙されたりという苦い経験も入っていたんだろうな、と聖子は思った。

一方でママが決して人の悪口を言わないことも、聖子はだんだん気づいた。どうしてだろう?苦い経験や嫌な思いをさせられた人のことを悪く言う人の方が多いのに。聖子がママの考え方、人の捉え方を不思議に思っているのを見透かしたように、ある日ママは「こういう職業だからって、人様から嫌な思いをさせられることもあるけれどね。それも含めて、腹が立たなくなるっていう人生の方が幸せだと思うのよ。『常は自分の心』だから」と言った。

深い。ママの語ることばは、自分の体験に基づいてよく考えた末に導きだされたものなので、人間の真実を突いている。だからとても深いのだと聖子も私も感じた。

そしてママは聖子に、成功する人のモノの考え方を真似しなさい、とも教えてくれた。成功する人は腹を立てる基準が違うんだから。成功する人は、くだらないことで腹を立てたりしない、小さいことで人を責めたり怒ったりしないのよ、と言った。確かにお店で例えばうっかりお飲み物をこぼしてしまった女性に対して、罵声を浴びせるようなお客様はこの店にはいなかった。「大丈夫、お清めされたようなもんだよ。精進潔斎だ」と笑って許してくれる素敵な紳士が揃っていた。これが腹を立てない人になる、ということなのか。確かにそういうお客様は人気があった。クラブでもこんな風にできる人は、きっと会社でも同じように腹を立てず、人から尊敬されているに違いない。そして成功していくんだ。聖子も少しわかるようになった。

またママは、往々にして環境が人を決める、ということも教えてくれた。どんな人も違う環境で育っていたら、今の姿とは違っているはずなのだ、と。聖子は深く納得した。なにしろ聖子自身、あんなにおばあちゃんとお母さんの間が常にピリピリしていない環境にいたら、もっと違って外交的で明るい性格だったかもしれない。目立つことを極端に怖がる時間が短かったかもしれない。

だからこの瞬間の姿だけを見て、偏見をもって判断するのではなくその人の本質を見る目を養いなさい、と教えてくれたママを凄い人だな、と聖子は改めて思った。「祥子ちゃん、こんなスゴイ人に出会えて、助けてもらって、なんて私は幸せなのかしら。感謝してもしきれないって、このことね。こんなに『ご縁』というものを大切に思ったことは無いわ。そして人の優しさは、本当に素晴らしいのね。私もママみたいな人になって、今までよりももっと『ご縁』を大切にして、困っている人を助けられる人になりたい」と、幸一を亡くしてから初めて、未来への希望がチラチラと光るまなざしで語った。

## ―昼の仕事の世界へ戻りなさい―

夜はママの高級クラブで働きながら、昼も聖子は働いていた。昼間の仕事は転々としていた。お給料が良いから、ということで「辞めなさい、絶対に無理！」という私の反対を押し切り、死体を洗う日払いのアルバイトにまで手をだした。仕事中に「きゃー！」なんて声をあげるわけにはいかないので、私と一緒に心の中で悲鳴を上げ続けた。結局そのバイトは長続きせず、すぐに辞めてしまった。それからもいろいろな仕事をしたが、なかなか定まらなかった。

ママのお店で働き始めてそろそろ5年になる頃、翔太は小学生になった。するとママから「もう子どもさんがそこまで大きくなったなら、昼夜働くんじゃなくて、昼間しっかり働いて、夜は家で一緒に過ごしてあげたらどうかしらね？」と言われた。そして「この社長さんのところで人を募集しているのよ」と、あるコンサルタント会社の社長さんをご紹介までしてくれたのだ。結局聖子はそのコンサルタント会社で営業として働くことが決まった。

振り返ると、ママは大きな無償の愛で聖子を導いてくれた。人との付き合い方、という人生で最も大切なスキルも身に着けてくれた。

なぜママは私にここまで良くしてくれるんだろう？と働きだしてからずっと聖子は疑問に思っていた。ママだって、誰彼構わずに親切にしている訳ではない。お店に合わない雰囲気の女性が働きたい、と来ても一目でお断りすることも1回じゃなかった。そのくらい厳しいところもあるママなのに、なんで私にはよくしてくれるんだろう。ありがたいことだけど、なんとなく理由を知りたい。

そう思っていた頃、あるお客さんが酔った勢いでポロリと口にした。「あのね、ママはひとりで育てていた子がいたんだよ。女の子で、凄く可愛がっていた。なのにその子が早くに亡くなったんだよ。あれは見ていて辛かったなあ。実はね、あんたはその子に少し似ているんだよね」と。そうか。ママは聖子を亡くなった娘さんのように思ってくれていたのかもしれない。だから母親のような目で聖子を見守って、教えて、育ててくれたのだ。聖子は改めてママに感謝した。

ママのお店を卒業する直前に「ねえ、世の中には、夜のこういう世界じゃなきゃ働けないっていう子がいるのよ。だからあなたみたいに昼間働ける人は、昼間の世界に戻る方がいいの。この場所を、夜しか働けない、そんな子達からとらないでね」と茶目っ気たっぷりに言った。それがママからの別れのことばだった。

## ―父の失明と母の発症と―

こうして聖子はコンサルタント会社の営業をすることになった。そこでもまた、たくさんの学びがあった。聖子は夢中になって知識を吸収していった。

それでも昼間の仕事だけでは借金の返済がはかどらない。やむなく聖子は夜、荷物の配送をする倉庫の荷積みなどをした。決して楽な仕事ではない。それにママに言われた「夜は子どもと一緒にいてあげなさい」に背いている。ママに対しても、翔太に対しても後ろめたい気持ちがあった。それでも聖子が夜も働くのは訳があった。

その頃、聖子のお父さんはそろそろ60歳。お母さんは55歳になっていた。お父さんはついに視力を失ってしまったのだ。さらにお母さんがまだ50代で、若年性の認知症を発症した。妹たちは既に結婚して家から出ている。家の戦力が1人、いや2人減ったのと同じだった。

お父さんが働いて借金を返すことはもうできない。あの借金を肩代わりしてくれた社長さん達は、既に聖子が一緒に返済している、と知っていた。そこで社長さんの一人が聖子のところに話にやってきた。「聖子ちゃん、もう、お父さんには働かせなくていいから。聖子ちゃんが返済してくれればいいよ。１か月に１円でもいいからね。もし俺たちが生きている間に返済しきれなかったら、死んだあとの家族に返してくれればいいから」と言ってくれた。

なんてありがたいことだろう。これもお父さんがずっと社長さん達にとって、良い仲間だったからなんだ。お父さんと社長さん達との関わりは、以前は特に深いとは思っていなかった。それなのにここまで助けてくれる、そんな関係をお父さんは築いていたんだ。ありがとう、お父さん、そして社長さん達。聖子は人の情けの温かさに改めて胸が震えた。でも返済する金額はまだまだ巨大だ。何しろ元が１億円だ。これを何としても聖子は１人で返済しなければならない。だから必死だった。

昼間はコンサルタント会社で働き、夜はカフェでも働いた。ちょうどその頃、コンサルタント会社の社長が「東京でカフェを出店する。そこで店長をしてくれないか」と誘ってくれた。

けれど、自分には失明した父親と若年性認知症を発症した母親がいる。だから大阪でしか働けない、と東京出店担当者の話を断った。これをきっかけに、コンサルタント会社を辞めることにした。営業をとおして、たくさん勉強させてもらった恩を感じながら。

その頃、偶然にも夜アルバイトをしていたカフェが、新しく店を出すことになり、聖子に店長にならないか、と誘いがあった。そこでついに聖子は大阪でカフェの店長になったのだった。昼間の仕事で責任ある地位についた、これが始めの一歩だった。

## ―新しい出会い―

新規開店のカフェで店長になった聖子。イキイキと働く姿は、私が見ていても気持ちがよかった。北新地の高級クラブのママに磨かれた接客業の心得が生きていた。

そして聖子の下で働くスタッフには、あのクラブのママが自分にしてくれたように親身に接し、それぞれの事情に応じて黙ってシフトを組んでいた。

スタッフ達は最初、聖子のことを「元のお店から選ばれてきた、年上の怖い店長」と勝手に思っていた。けれど時間が経つにつれて、自分たちのことをこんなに考えてくれている、ということに気づき始めた。すると誰からともなく「働きやすいお店で良かった」「こんなにしてくれる店長に喜んでもらいたい」と率先して笑顔でお客様をお迎えしたり、聖子の真似をして、丁寧に飲み物を出したり、お会計をお待たせしないなどの工夫を始めた。こうなると「あの店、なんか雰囲気いいよね」と利用客から喜ばれる店になるのは早かった。

「あらあら、ここに北新地の出店、ちいママが出現したわね」とからかうと「いやあね、祥子ちゃんってば。私はスタッフみんなに気持ちよく、楽しく働いて欲しいだけよ」と謙虚に、だけど嬉しそうに聖子は言った。あの目立つことを極端に恐れていた聖子の面影は、もうどこにも見えなかった。フロアを見渡し、スタッフに的確に指示を与え、お客様をお迎えし、お見送りをする。聖子は輝いていた。

そんないきいきと働く、気配り上手の聖子に魅せられた人がいた。それが智大（ともひろ）だった。聖子が実家の莫大な借金を抱えていることも、翔太がいることも、全てを承知の上で「結婚しよう」と言ってくれた。

聖子もお客様としてお店へ来る、いつも穏やかで優しい雰囲気をまとった智大に惹かれているところはあった。けれども聖子は翔太のこともあり、なかなか決心ができなかった。血のつながらない翔太のことを、本当に智大は可愛がってくれるのだろうか？あの子は私が絶対に幸せにしなきゃいけない子。一番辛い頃に、私の心の支えになってくれた翔太をこの結婚で不幸にはしたくない。ある時、聖子がその心配を口にすると、智大は「あのね、僕と血が繋がっているかどうかは関係ないんだよ。僕の愛する聖子が心から愛している翔太は、僕にとっても愛する子なんだよ」と言ってくれた。これでやっと聖子は決心できた。

２人が出会ったのは聖子が33歳の時で、結婚したのは34歳の時だった。やっと、ほんとうにやっと聖子は安心できる人にまた巡り会えた。幸一を失って、約10年。その間、愛する人を失い、失意のどん底にいた聖子に神様は翔太という宝物を授けてくださった。それから聖子は自分の中で育つ命を守ろうと、親たちから逃げ、隠れて出産をした。そして昼夜を通じて働きながら育ててきた。こうして10年間を振り返ると、まさに聖子は暗闇の中をひとりぼっちで、手探りで進んできたんだなあ、と私まで胸がキュッとなった。

聖子だって一時期は暗闇の中で道に迷い、さらに暗い方に行きそうになったこともある。けれどもそうなる前に、不思議な縁で「人からの親切や愛」という、ほのかな灯が道のともっていることに気づいた。そこからは、そのほんのかすかな、わずかな灯をたどって、懸命に生きてきた。

これから智大と結婚したら、聖子はもう一度誰かと一緒に手を取り合い、励まし合いながら人生を歩いていける。もう聖子はひとりぼっちじゃない。聖子のかけがえのない、大切な翔太までを愛してくれるお父さんもできる。

聖子自身、お父さんを除けば女ばかり、という家で育った。それだけに、実はこの先翔太がティーンエイジャーになり、難しい年齢になってきたら、どう接したらいいのか、どう導いたらいいのかを悩んでいた。それを相談できる人が現れた安心感は大きかった。そう、聖子のこの10年間の苦労は、ただの苦労でおわらずに、美しい花を咲かせたのだ。私は嬉しくてしょうがなかった。

智大と聖子はお似合いの夫婦だった。仲も良く、すぐに子どもに恵まれた。女の子だった。亮子と名付けた。翔太は10歳下の妹、亮子をことのほか可愛がった。自分がたくさんのお父さん、お母さんに囲まれて育ったことを覚えているからだろう。その様子を、目を細めて見つめている智大。「幸せだなあ」と私まで口にしたくなる光景だった。こうして聖子の人生にしばしの休息が与えられたように見えた。

## ―保険業界へ―

しかし、結婚して早々に聖子はまたしても借金に悩まされることになった。今度はなんと智大の親の借金だ。義父は不動産屋を経営していたのだが、趣味が「選挙応援」という厄介なものだった。もちろん手弁当で応援するので、選挙があるたびに義父は大きな出費を抱えることになる。それが続いて大きな借金を抱えることになってしまった。

また義父は智大と共同名義で親子ローンを借りて、義父母の家を建てた。しかしその分のローンも義父は払えなくなってしまった。こうなると親子ローンのもう一人の借主である智大は、自分が一度も住んでいない家の借金を払い続けなければならない。

それは無理なことだと判断して、思い切って義父母の家を売った。そして義父母は聖子達と同居することになった。狭いながらも楽しい我が家が突然出現したのだ。

それでも智大は新しく店を出して昼はカフェ、夜はカラオケパブにして聖子も一緒に働いた。義父も不動産屋をもう一度頑張る、と言い再起をかけた。きっと大丈夫、きっとうまくいく。そう信じて10年間3人で頑張ったのだが、ついに義父は倒産を選んだ。

私はたまらず「ねえ聖子、どうしてまあ、あっちもこっちも借金なのかしら。借金したら、返すって2倍大変なことじゃない?どうしてそれを選んじゃうんだろうねえ。」「ほんとよねえ、祥子ちゃん」と聖子は苦笑いをするしかなかった。

債務整理して店を手放し、智大はサラリーマンへ戻り、聖子も勤め先を探すことにした。自分の父親の借金に加え、義父の債務の返済がのしかかり、さらに義父母にも生活資金を渡さなければならない。

そこで聖子が選んだのが保険業界だった。

聖子は大学を辞めてすぐ、ある保険会社の営業を3年半ほどしていた。その時は、まあそここは売れた。けれど、特別たくさんは売れなかったので、自分には難しい仕事だな、と思ってそれ以降は保険業界からは遠ざかっていた。

だけど今から就職でき、かつ頑張り次第で給料が上がる職種は、もう保険営業しか考えられなかった。できるかどうかじゃない。やるんだ。聖子はそう自分を励まして、保険業界の扉をもう一度叩いた。

## ―人の役に立つ保険とは―

聖子が保険業界を選んだのは、もう一つ別な理由があった。聖子が再婚して少し経った37歳の時、すぐ下の妹、敦子がたった35歳で、癌で亡くなったのだ。

不思議な縁で、聖子と智大の間にできた娘、亮子と、敦子の初めての子である礼子は同じ年齢だった。従姉妹で同じ年なのね、と敦子は喜んでいた。聖子も敦子がグッと身近に感じられるようになった。それなのに。

敦子が礼子を連れて0歳児の検診に行った際に、思いがけず敦子に癌が見つかった。敦子自身は全く自覚症状がなかったが、医者はあと半年あるかないか、と診断した。なんと残酷な運命だろう。それでも敦子は礼子の母親として、なんとしても1分でも長く生きたい一心で、それから2年持ちこたえた。

その時、聖子は保険の大切さを知ったのだ。

敦子は余命宣告を受けると「リビングニーズ」というまとまったお金が出る保険に入っていた。それを使い、貸切り宿で1ヶ月間、家族だけの時間を過ごした。敦子の夫も仕事を休み、ゆっくり親子の時間を楽しむことができた。

その後、敦子はすぐに入退院を繰り返していくことになった。それでも保険のお金があったからこそ、家族水入らずの時間をゆったりと過ごせた。たった35歳で、一人娘を残して死と向き合った敦子にとって、あの1か月はどんなに大切で幸せな時間だっただろう。

聖子は昼の仕事の世界に戻った頃から、妹の敦子と春子とは、子どものころとは違った関係性を築けるようになっていた。特に敦子とは亮子と礼子が同じ年、ということで親しく行き来していた。それだけに、聖子は敦子の早すぎる死に打撃を受けた。たった1か月間だったけれど、楽しそうな敦子の家族3人は笑っている写真を見ながら、涙ぐむことも多かった。

一方で聖子は、保険がこんな風に人の役にたつものなんだ、と改めて思った。人はいつ病気になるかわからない。誰も明日自分が深刻な病気と診断されるかも、なんて思っていない。だからこそ、健康なうちに賢く保険に入っておいて、いざという時に使えるようにしておくことが大切だ。

敦子の若すぎる死を経験して、聖子は保険というものを見直したのだった。

## ―保険業界で本格的に働いて―

聖子はいよいよ保険代理店で働き始めた。聖子の初年度の給与は300万円。それを翌年には700万に、3年目には900万円に、その後は1千万円を超える結果を出し続けた。

4年目には店舗型の保険代理店の店長に任命された。しかし同じ頃には完全に失明したお父さんの介護と、若年性認知症が進んだお母さんの病状がいよいよ悪くなってきた。そうすると、店舗にずっと詰めているのは無理だ。そこで聖子は思い切ってフルコミッションのフリーの代理店になる道を選んだ。それ以降も売上高はトップクラスをずっと保ち続けていた。

なぜそこまで聖子が保険業で成功できたのか？あんなに目立つことを怖れていた聖子が。若い頃に保険代理店の営業をした時には「自分には難しい」と思った聖子なのに。

それは、聖子にとって「人生の師匠」と「営業人生の師匠」と呼べる複数の人と出会えたからなのだ。でもその出会いは偶然ではなく、必然だったと私は思っている。

## ―人生の師匠　～北新地のクラブのママ～―

聖子を育てた師匠、という意味では北新地の高級クラブのママは絶対にはずせない。なぜならママは、聖子に「人の本質を見る」ということ、そして何よりも「腹を立てない」という考え方を教えてくれたからだ。

ママは「人の本質を見抜く力は、人が与えてくれる」とよく言っていた。その陰には、悔しいことも悲しいこともたくさんあったと聖子は推察していた。

けれどもママは「あのね、『あの人に騙された』って言う人がいるでしょ？もちろん騙すのはいけないこと。確かに悪いことはしちゃ駄目だけど、騙される側、騙す側にもどんな理由があったんだろう、と考えてみると良いのよ。騙された、と言っている人は、実は自分で考えることをしていなかったのかもしれない。騙す方は、何かの事情があって、申し訳ない、自分は悪いことをしている、と思いながらも、騙すしか生きる道がなかったのかもしれない。

もちろん、騙すことは決して許せることではないわ。だけど、こんな風に人を見るっていうことをしていくと、だんだん人に対して腹が立たなくなるのよ」と言っていた。

また「腹を立てても仕方がないの。腹を立てちゃ駄目よ」とも良く言っていた。聖子はその意味が本当のところ、言われた当初はよくわからなかった。けれどもママが「腹が立たなくなる生き方をした方が、自分が幸せなのよ」と言い聞かせてくれた。

そんなものかなあ。元来そんなに腹を立てることはない聖子だけれど、やはりたまには失礼な人に会うとやっぱり腹が立ってしまう。それが自然な感情なんじゃないかしら？とも思う聖子だった。

ところがある時にママから言われたことで、怒る、腹を立てることがいかに時間の無駄かを思い知った。ママは「結局ね、怒りっていう感情が自分に起きると、それをことばにすることで、ますます心の中で怒りがヒートアップしていくのよね。そしてだいたい相手はあなたを怒らせた、なんてすっかり忘れているのよ。でもあなたは怒りの感情を持っている間中、ずっとモヤモヤを抱えているでしょう？それは嫌いな人に、モヤモヤを与えられ続けて、大切な人生の時間を奪われているのと同じなのよ」と静かに言った。

親からも誰からも教えてもらわなかった「怒り」という感情との付き合い方。聖子はそれをママから教えてもらった。

きちんと人と付き合っていくといろんなことがわかるの、良いも悪いもわかるからいいわよ、とも言っていた。人とちゃんと付き合って、自分の目でみんなを見抜いていく。ママは「常は自分の心の持ちよう」といつも言っていた。

心の中にいるもう一人の自分、言うならば聖子にとっての私、祥子が感じるものが、聖子の表面に現れる、ということなのだ。

こうしたことを言われた直後の聖子は、まだ若くて正直全部を正しく理解できなかった。

私もよくわからなかった。でも後になって振り返ってみると、やっぱり人生ってそういうものだなあ、繋がっているなあ、と改めて気づかされることが多かった。

そしてママは「人って環境の影響を凄く受けるのよ。今、グレている子も、違う環境で育ったら違うかもしれない。人は環境や経験から育つのよ。だから最初から偏見を持って人を見てはダメなの。その人の本質を見るのよ。良いところも悪いところも含めて、先に判断をしないで、まずはじっくりと本質を見るの」と繰り返し聖子に教えてくれた。こうやってママのことばから、聖子は人の深いところを知った。

「腹を立てない」というママのことばから、実際に聖子は腹が立たなくなってきた。そしてそれは聖子自身を生きやすくしてくれた。例えば幸一を亡くした自分をただ可哀そうがるのではなく、起きてしまったことの中から、自分はこれから何を選び、どうやって生きていくのかを考えられるようになった。ママは聖子の人生の師匠なのだ。

## ―営業の師匠たち　１人目―

聖子がフリーの保険代理店としてめきめき力を伸ばしていった陰にいる営業の師匠。その1人、Ａさんとは、２０１７年頃、聖子の転勤先である名古屋支社で出会った。Ａさんは常に学びながら言葉に出すことの大切さや、引き出しを開ける、つまりお客様に情報を提供するタイミングを心得ていた人だった。

例えば保険会社の営業が、お客様のニーズを把握しないまま、いくら「これはあなたに必要なことですよ」と商品説明してもお客様には響かない。

保険営業の仕事は、単に商品を売ることではなく、お客様に寄り添い、人生設計のパートナーとなることの方が重要だ。そのためにはお客様のニーズを理解し、それに対して適切なアドバイスができるよう、常に最新の知識を持っている自分に育て続けることが不可欠だ。

さらに言葉のチョイスも大切だ、と気づかされた。同じことを伝えるにしても、どうやったらお客様にご理解いただけるか。Aさんのことばのチョイス、伝え方はとても分かりやすく、的確だった。Aさんの近くでそれらを見ることで、聖子は学んでいった。

こうして聖子は引き出しを作り、その引き出しの開け閉めの仕方を教えてもらったのだった。引き出しを作ると、人はついすぐに開けたくなるものだ。でもそのタイミングを間違えると、退屈な商品説明をし、商品の善し悪しだけを語って売るだけの売れない営業さんになってしまう、ということもAさんは教えてくれた。聡明な聖子はAさんをそばで見ながら段々とその意味がわかってきた。

さらに典型的な保険の営業は、お客様に対してこれから発生するかもしれないリスクを煽って売る。病気になったらどうします？ガンになったらどうします？けがをして働けなくなったらどうしますか？という具合だ。

しかしAさんは逆だった。保険があったら、未来はどうなるか、という安心を説明していた。

もし予想されるデメリットをカバーする保険があったらいかがですか？とお客様に想像していただくのだ。そのうえでお客様が「こんなのがあったら・・・」と思う内容を叶えるための言葉を引き出しの中に持っているのだ。

もし何かご心配なことがあった場合、そのためにあったらいいな、と思うものは何ですか？とお客様に伺うのだ。そして人生で出くわすかもしれない、デメリットのカバーを保険にさせたらどうでしょう？と提案をしていく。聖子が初めて見る営業のスタイルだった。

その頃聖子は、若年性認知症が進行したお母さんの介護で、勉強する時間がなかなか取れなかった。それも仕方がない、だってお母さんには私しかいないんだから。そして介護していたら、勉強する時間なんて無くなってしまう。人間は全員平等に24時間しか与えられていないんだから仕方がない。そう思っていた。

でもある時聖子は、Ａさんが部下に与える時間が凄い、ということに気づいた。Ａさんは夜中まで、自分のことではなく支社の人たちからの案件相談に乗っていた。それを知った時から聖子は時間が無いは言い訳で、時間は作ればいい、と思うようになった。

さらにAさんの知識は深く広く、とにかく凄かった。聖子はある日、いつもどうやって勉強しているんですか、とAさんに聞いた。それに対するAさんの答は「いやぁ、別に本を読んでいるくらいかなぁ。気になることがあると、自分で調べて、『ああこういうことがあるんだな、それをどう営業に使えるかな』って考えている。」ということだった。調べるまでは多くの人がやる。しかし最後の「どうやって営業に使えるかな」までを考える人はなかなかいない。

Aさんにとって、保険の営業はまるで趣味のようだった。「世のお客様達が、今何を心配しているか。それだけでもみていけばいいんじゃないか」とも言っていた。

聖子は気づいた。ああ、だからこそ実際にお客様と会ってお話をすることが大切なのだ。お客様と実際にお会いしないと、お客様のお困りがわからない。なにより真の悩みがわからない。ことばにできた悩みはわかっても、お客様自身がまだことばにできない真の悩みは実働、お客様に実際にお会いして、お話を伺わなければわからない。そしてお客様にとってこれが必要、と気づいたところを勉強しなければいけない。その知識がどんどん積み重なっていくんだ。こんな風に、勉強の仕方と時間の使い方は、Ａさんから学んだ。

さらにＡさんは聖子に７年前から、他ではまだやっていない「マネーセミナー」を任せてくれた。しかし聖子は人前でお金についての話をするセミナーはできても、セミナーに参加してくださったお客様への個別相談のやり方は全く未経験だった。それも聖子はＡさんから学ばせてもらった。

セミナーに来てくださったお客様一人ひとりの相談を、Ａさんが１人で全部聞いてくれた。結構な数だったが、Ａさんは嫌がりもせず、時間を割いてくれた。そしてＡさんの個別相談に同席することで、聖子は個別相談の方法を学ぶことができた。それまでも、そこそこのレベルにはいた聖子だったが、ここで決定的に力をつけるきっかけをつかんだ。

今、あちこちの金融機関でどんどんマネーセミナーが開かれている中でも、聖子のマネーセミナーが飛びぬけて集客力をもち、絶対的に差別化できるのは、他より一足早くから始めた経験の積み重ねと改善があるからだ。時代の流れを読む。そしてその知識をお客様にお伝えする。これが的確にできるようになったのは、Ａさんのおかげだ。

今でも聖子がへこんだり、困った時にはＡさんに相談することがある。支社を離れてしまった聖子のことをずっと気にかけてくれるＡさんは、人間的にも尊敬する師匠の一人だ。

## ―二人目の師匠　～浅川智仁先生～―

聖子は自分をもっと育てたくて、いろいろなセミナーに参加していた。自己投資も必要、と気づいてから、あっちこっちで勉強もして結構なお金を払ってきた。その中で、「これだ！」と思う出逢いがあった。浅川智仁先生だ。２０１５年頃のことだった。ちょうど名古屋文社でAさんに出会った頃である。

浅川智仁先生は、ことばの先生にして、営業の先生だった。情報発信の方法をこの方から聖子は学んだ。とはいえ、聖子は何かのセミナーで浅川先生を知ったわけではない。ネットの中で、偶然発見したのだった。２０１５年の頃だった。

浅川先生のメルマガを、聖子は隅から隅までしっかりと読み、一つ一つを実直に実働に結び付けた。さらに浅川先生が監修した「勇気のことば手帳」を２０１５年から使い始めた。これを使いだした翌年、年収が倍になった。聖子はさらに「勇気のことば手帳」を自分の中に落とし込んで行った。

それに加えて浅川先生の本も読み、勇気のことば手帳と本やセミナーで学んだことを全て自分に落とし込んで行った。こうして聖子はついにＣＯＴと呼ばれる年収３０００万円を超えた保険営業になった。聖子にとってはこの「勇気のことば手帳」が全てであり、Ａさんと浅川先生の教えがリンクした結果だった。

他の先生の書かれた本もたくさん読んできた聖子だったが、それらは実働に結び付けることが困難だった。それに比べると浅川先生の手帳は実働にも無理が無く、思いや心が詰まっている営業を実践できた。さらにお客様の心を動かすことばが得意な浅川先生の本から、聖子はたくさんのことを学んだ。聖子がここまで大きく成長できたのは、それ以前にもいろいろな自己投資をして、自分が成熟していたから、という点もあるだろう。でもそれを考えても、情報発信方法も含めて、浅川先生との出会いが聖子にもたらしたものは非常に大きかった。

## ―営業の師匠その３　～森次美尊先生～―

聖子の３人目の師匠はファイナンシャルプランナーの森次美尊先生だ。今、聖子はこの先生が自分の人生を大きく変えるのではないか、とワクワクしている。

森次先生は「人生のミカタ」という会社を作り、人生に寄り添うファイナンシャルプランナーを育成している。この「人生のミカタ」には「あなたの味方ですよ」という意味と、「見方」という意味が二つかかっている。

聖子はその森次先生のオンラインスクールに入ったのだ。きっかけは聖子から見ても、とてもできる保険営業の人がそのスクールに入っていたから。スクールに入り、森次先生は本当に人の味方になって保険を考えられる人だ、と納得した。

また聖子も薄々感じていたことについて、森次先生と同じ意見だったことも森次先生をグッと身近に感じるきっかけとなった。

それは人に寄り添えるファイナンシャルプランナーが1人に1人必要になる時代が来るのではないか、という点だった。これからの時代は、指先一つで何でもかなえられるだろう。スマホさえ持っていれば、飽きることも、不便すらもなくなるだろう。だからこそ時代に逆行しているように見えても、人はその反動で本当に自分の心をさらけ出せる、心を開ける相手が必要になってくるのではないか。

特にお金について、人はなかなか他の人に言いにくい。その反面、世の中にはたくさんの情報が溢れていて、何を信じて自分はどうしたらいいのかが見えていない人がほとんどだ。例えばみんながNISAをやっているから、何となくNISAをやらなきゃと思う。そういう行動をとっている人がどれほど多いことか。

でも本来は、一人ひとりのお客様が金融商品に求めているものはみんな違うはずだ。しかしそこまでちゃんと寄り添える金融プランは無いのが現状である。

では、生命保険はどうだろうか。ほとんどの人は既に生命保険に加入している。新卒で入社した際などに、会社に営業にきていた保険営業の人に勧められるまま、または「安いから」という、ただそれだけを理由にして決めた場合も多い。

それでももし、本気でお客様に寄り添えたら、数字は勝手に後からついてくる、という自分の体感から来ている感覚のようなものが聖子にはあった。それを森次先生に話してみたところ、森次先生の理論に合致していることを見つけ出し、やっと答え合わせができた気持ちになった。

聖子は以前から特別な商品がなくても、信頼され寄り添ってくれる、言うならば人生を並走できるプランナーが求められていると感じていた。コーチではなく、あくまで同じ位置や目線で走っている並走者。そんなプランナーには自然にお客様が寄ってくるし、また紹介もされやすい。だから結果が後からついてくる、と感じていた。

それを森次先生と実際にお会いしてお話をしたことで、意気投合しながら確認し、納得できたことは大きかった。

さらに保険業界で自分の売上がいくらだったかを前面に出す風習があることも聖子は違和感があった。もちろん売り上げは必要だ。売り上げていないと、余裕のない営業をして、お客様のためのプランではなく、自分の手数料や営業成績をあげるために、お客様には必要のないプランを売りつけることになりかねない。だからこそテクニックに走らず、本当の意味での営業力をあげる必要があるのだ。そうして余裕のある営業ができれば、本当にお客様のためのプランが作れる。

聖子はそんな風に保険営業しているので「こんな保険営業を受けたのは初めてです」という言葉が、聖子の中では一番の褒め言葉だ。

しかし中にはさっさとプランを見せて、というせっかちなお客様もいる。だが聖子は急がずに、できればお客様と仲良くなって、お客様にとって本当に必要な保険は何かをお客様ご自身に気づいていただく、そんなお付き合いを始めたいと思っている。

現実には「もう保険には入っているから」「見直しなんて面倒くさい」という人もたくさんいる。そんな時、聖子は「お金を払っているからこそ、中身を知りましょうよ」と声をかける。

保険とは事前にお金を払って、困ったときにお金を出してもらうものだと聖子は考えている。言うならば車を買うのに、中身を知らずに買わないのと一緒で、保険もやっぱり中身を知って選ばなければいけない。さらに、昔、勧められるままに入ったきりの保険が、今の時代の状況に対して最適な保険になっているかも大切なポイントだ。そのあたりを確認してくださいとお客様には声をかける。そうするとほとんどのお客様は「変わった営業さんだなあ」と苦笑いしながらも納得し、見直しを始める。

こうした「気づき」のテクニックは、これら3人の師匠、森次先生、浅川先生、Aさんは一致している。聖子はこの道を信じて、これからも並走者として、それぞれのお客様の人生に関わっていくこの仕事に誇りをもっている。

その一方で売りたいものを売りたいように売ってきた保険業界を変えていきたい、変えなければいけない、という使命感も聖子は持っている。そういう営業を続けた結果、多くの人が「保険を売りつけられた」と感じている現状が、なにより雄弁にその手法の過ちを語っていると思うからだ。だから聖子はこの業界を変えていかれる人を育てたい、と真剣に考えている。

浅川先生によれば、人は生まれた時から営業している、という。「だって赤ちゃんは『お腹が空いた』『オムツを変えて』って泣いて訴えるだろ。アレも営業の一種だよ」と真顔で言う。聖子は思わず笑ってしまう。その一方で聖子は保険に関わるものとして、お客様に寄り添い、お客様の考えを尊重しながら、解決する方法を一緒に考える。そんな存在になりたい。だからもっとあなたのことを教えてください。もっといいものを考えましょう、と言えるようになりたい、と夢が膨らむ。

浅川先生はどんな営業も、お医者さんになれ、という。どんな時に、いつから痛むのか。どう治療をしたら一番良いか。そんなことをお客様にお伺いしながら、一緒に考えるのが営業だ。

そうしたら、さしずめ保険の営業は、お金のお医者さんかな、と聖子は思わず微笑んでいた。

# 第４章

# 今、人生を振り返って

## ―遠く歩いてきた道のり―

聖子は先日、大きな手術を受けた。何の気なしに受けた検査で腫瘍が見つかり、思いもかけず大がかりな手術を受けたのだった。

生きてこの病院を出られるかしら?そんな思いが頭をよぎった。亮子はまだ20代。結婚・子育ての頃こそ、母親が必要になることを聖子は自分の経験から知っていた。だから生きて戻ってこなければ。その決意のおかげか、無事に手術は終わり、しばらく静養したあとに聖子は退院できた。

その入院の間に考えていたのは、改めて、明日が来るのは奇跡、ということだった。遠い昔、若い頃に一瞬で消えてしまった幸一と幸せになる未来。でもあの経験を通して、聖子は今やることを今やることが大事であることを学んだ。そしてどんな環境にいても、自分の人生は自分で創れる、という確信を持った。

起きたことは、その理由はわからないけれど、自分の人生に何故か必要なことで、自分が受け止めるしかない。逃げても、人のせいにしても何の解決にもならない。

だって起きたことは変わらないから。そこから何をするか、何をみつけるかが大切なんだ、と静かに思う。

澄み切った湖のような心でそこまでを思った聖子に、私はそっと声をかけた。

「ねえ、聖子。あなたはそこまで考えられるようになったのね。」「そうよ、祥子ちゃん。親の借金も2年前に返すことができて、本当に良かったわ。まさか自分が病気になるなんて思ってもいなかったもの。」「そうね。」「あら、どうしたの？今日はからかわないの？」明るく微笑む聖子に、私も精一杯の明るいほほえみで応えた。

「ねえ聖子。そろそろね、『その時』が来たのよ。」そう告げると眉をしかめるようにして聖子は聞いてきた。「え？どういうこと、祥子ちゃん？」「聖子、良く聞いて。あなたはもう一人で十分やっていかれる。今までもそうだったけど。でも本当に、本当にあなたは立派に、そして深い心を持ったしっかりとした人になったわ。」「変よ、祥子ちゃん。そんなに私を褒めるなんて。なんだかくすぐったいわ。」そう言って笑い飛ばそうとする聖子を制して、私は大急ぎで告げた。「ううん、最後だから。これがあなたに話しかけられる最後だから、ちゃんと言わせて」

「え?どういうことなの、祥子ちゃん?」「あのね、私はあなたを守るために、あなたにだけ見える存在だったの。元はあなたの一部だったのよ。それがたまたまあなたにだけは見える存在になったの。あなたを守るために。」「祥子ちゃん、何を言っているの?」「うん、急に言ったから、ちょっと混乱しちゃったでしょう?ごめんね、聖子。だけど私にはわかるの。もう『その時』が来たことが。私無しでも、あなたがしっかりと前へ進める人に成長したことが。」「そんな…。私には祥子ちゃんが今までも、これからも必要なのに?祥子ちゃんは今まで私を助けて、励ましてくれたじゃない?これからもずーっとそうだと思っていたのに、違うの?」「そう。昔のあなたは、自分で自分を守ることが難しかった。あんな緊張した家の中で、あなたの心が壊れないように、私が生まれたの。元はあなたの一部だったんだけれどね。外からあなたを励まして守る。それが私の使命だったの。」「祥子ちゃん、だったらこれからだって・・・！」「ううん、聖子。あなたはもう、自分で自分をしっかりと守ることができる。それどころか、たくさんの人を守ることができるようになったの。だから、あなたには、私はもう必要ないのよ。私は本来の姿、つまりあなたの一部に戻るの。」「どういう意味なの、祥子ちゃん？私にはあなたが必要なのに！会えなくなるの、あなたにまで？私、そんなの嫌！」「泣かないで、聖子。私はあなたの心の中に住むわ。姿は見えなくても、あなたが心に向かって話しかければ、今までと変わらず私は答える。ただ見えなくなるだけよ」。そこまで一気に言ってから、私は改めて聖子を見つめた。

子供の頃、目立つことを、おばあちゃんとお母さんの争いをなによりも怖れていた聖子。学校でもビクビクしていた聖子。中学で幸一にわざと点を落としていることを見抜かれた時の聖子・・・。

様々な聖子の表情を私は覚えている。でも、もう、大丈夫。聖子には翔太と亮子、そして智大がいる。

「祥子ちゃん！」と手を伸ばす聖子に、私は自ら飛び込んだ。

私達は一つに溶け合い、やがて聖子が感じていた私の感触は消えた。そう、私はようやく聖子の一部に戻れたのだ。これからもいつも一緒よ、聖子。もう私の姿はみえないけれど。私の指先を感じることもできないけれど。私はあなたの一部に戻れたの。本来あるべき姿に。そしてね、聖子。これまでも、これからも、あなたには私がいるの。忘れないで。私はあなたをずっと守っているから。あなたには私がいる。

祥子の残した声を残響のように聞きながら、聖子はもう感じられない祥子の感触を胸に刻み込むように、長い間、静かに、静かに涙を流していた。ふと気づくと、今年の初雪が窓の外で風に踊っていた。

## ～おわりに～

この本を最後まで読んでくださったあなたは、今、どんな状況の中で生きていますか？何を感じていらっしゃるでしょうか？辛い、しんどい、出口が見えない。そんな思いをもっているかもしれませんね。

でも大丈夫。あなたには、わたしがいます。どんなに絶望的な暗闇の中にも、必ず光がともります。その光を追って、少しずつ明るい方向へ進んでみませんか？光は人のご縁や親切です。それを信じてみませんか？

なにより大切なのは、あなたの人生はあなたのものだということです。たくさんの困難があっても、自分が決断した瞬間から、ただ状況に流されるのではなく、自分で人生の道を選べるのです。そのために社会の支援制度やお金について、学びませんか？

私はＦＰとしてお金に関する知識を皆さんにお教えしています。ぜひいつか、この本をきっかけにして私の講演会などでお会いできたら嬉しいです。

# 原田聖子

全国で年間200件以上の個別相談の依頼を受ける女性ファイナンシャルプランナー。自らの経験から「お金の大切さ・重要性」を実感し、ファイナンシャルプランナーの道を選択。

生命保険・損害保険・教育資金・相続・介護・住宅ローン相談・資産形成の分野で厚い信頼を得る。特に女性からの信頼が厚く、丁寧で誠実な対応は初心者でもわかりやすいと好評。

・好きなこと
読書、スポーツ観戦、断捨離

HP：保険営業オンラインスクール
http://eigyow.com

保険営業3年目の教科書インスタ
https://www.instagram.com/hoken3y

原田聖子インスタ
https://www.instagram.com/haradafp

# あなたにはわたしがいる

発行日 2024 年 10 月 5 日 初版第一刷発行
著 者：原田 聖子

企画・制作：Belle femme 出版

発行　合同会社 Pocket island
住所　〒 914-0058 福井県敦賀市三島町 1 丁目 7 番地 30 号
メール info@pocketisland.jp

発売　星雲社 ( 共同出版社・流通責任出版社 )
住所　〒 112-0005 東京都文京区水道 1-3-30
電話　03-3868-3275

印刷・製本　モリモト印刷

落丁本、乱丁本は送料負担でお取り替えいたします。
ISBN 978-4-434-34718-4 C0095